去你的博士學位

Bye Bye !! Doctorate!

文憑掰掰，我要重新拿回人生主導權

柯曦答——————著

各界推薦

「老闆」是研究生們對指導教授的通稱，因為教授對研究生們握有絕對的生殺大權，再厲害一點的，會稱老師為「皇上」或「女王」。順我者生，逆我者亡！這不是危言聳聽，而是我十幾年來在大專院校提供學生們心理諮商的真實觀察。一旦學生不小心選到與自己不對盤的指導教授，那下場絕對淒涼悲慘：輕則生命黯淡無光，不見天日數年，重則滿身瘡痍，提早下車退場之外，還會永世落入自我懷疑的淒慘輪迴。

站在塔外觀看的我，有時不禁感嘆，為何研究殿堂會成了部分教授們擠壓年輕生命與雄心壯志的食人魔塔。然而，生命的出口總是留給那些有勇氣拚搏的人，「勇氣」也包含了「放棄的勇氣」！在這本書裡，我讀到了作者與那些在諮商室裡因為研究生涯而自我懷疑者的相同生命故事，血淚交織，也在閱讀中再次體悟出，要奪回生命的自主權，有時還非得任性那麼一次，在人生中煞車，轉彎，踩出自己的路徑。「登出博士文憑」其實不是逃避，而是積極迎向真實自我人生的勇敢抉擇。

——**李家雯（海蒂）／諮商心理師**

曾經，「博士」也是我一生渴望的頭銜。

但後來我發現這條博士路，簡直有如背負沉重十字架的苦路。你先是經歷昔日同窗功成名就的焦慮之泉、來到寫不出論文的絕望黑海；再到修改修改再修改、卻仍然被退的徒勞之山；更有人有如我這位朋友，在長達數年的公然羞辱後，竟自信全失宛如得到PTSD。

這本書是她的自我療癒之路、也是她對渴望走進學術圈後輩的血淚之作。如果你有一個學術的夢，不妨就先來看看她的故事吧~

——**神奇海獅**／作家

不只一針見血，根本刀刀見骨。

表面寫的是博生遠征時屢敗屢戰的血淚史，內裡談的卻是從沉沒成本中淨身出戶的經濟學，無論套牢你的是愛情、官銜，或是博士學位。

認清投入的成本，決斷退場的時機，起碼還能看見盡頭的光。人生的智慧，往往會在與苦難的交鋒中迸發出來，它不一定能被收進某張證書裡，卻可能是整段征途中，最珍貴的饋禮。

——**劉仲彬**／臨床心理師

推薦序——

學術路的死亡往往是更多可能性的開始

——安妮／換日線〈本初子午線〉專欄作家

初認識柯曦答是在六年前的一場國際研討會上，學術界的友情多是這麼樸實無華又無聊的開始。當時我們都是身處學術汪洋的博士生，不知道自己是否能夠不被暴風襲擊，安全地抵達有著博士學位的彼岸。這種身處汪洋的失落及焦慮感，大概只有念過博士的人才懂。

說到底，為什麼要念博士呢？尤其是當代不受重視的人文類博士。既無法讓你發大財，也耗費時日，等拿到博士學位時，大概也已年過三十，是個身邊人們會開始替你擔心成家立業的年紀，完全和當代社會迷戀且欣賞的年少有為相違背。這題的答案因人而異，但會選擇念文科博士的人，本質上大概就是無可救藥的浪漫派。

柯曦答就是這麼一個讓人喜愛又心疼的浪漫腦。

柯曦答對古代文史有著極大熱忱，學識涵養不只豐厚，甚至是她的生活哲學中，處處充滿了古代文史的真理。從Hitherto shalt thou come, but no further（你只可到這裡，不可越過），到日復一日做著永不會有成果苦工的薛西弗斯，再到因觸怒天神而被擊碎的巴別塔，一個一個文學中的故事，像是預告了柯曦答的博士之路一樣，艱辛且淚流一公升（或許超過一公升）。

說也奇怪，台灣近期充滿了喜歡攻擊政治人物的學術論文及學位的風潮，但發難的人多數都沒有念過碩士，更遑論博士，就連每個國家的學術運作及規範皆不同這點都不明瞭。而這些人，又如何能明瞭一個博士生在求學過程中的苦痛及掙扎？

身為曾經也在博士汪洋中掙扎的一員，現在回頭看，過程的確充滿許多苦痛，但也很多快樂。在英國念博士期間，讓我明白一個道理：博士是和自己的對話，研究也是，因此，沒有人會比自己更懂自己的研究。而要完成這對話，指導教授扮演至關重要的角色。柯曦答和指導教授之間的關係如同他們所研究的領域一樣，以嚴厲的師徒制運作著。師徒制有好有壞，好的話，師徒關係情同父母子女，且老師會傾畢生所學教導你；不好的話，那就是撕心裂肺的決裂過程了，掌握所有資源及人脈的師父絕對有能力斷學生後路，讓學生在學術界混不下去。柯曦答在書中表達得很好，「這就是一個活埋的過程」。

師父管太多，是不是插手研究？而師父都不管，是不是放任自生自滅？我在英國念博士的過程，也是跟著兩個老師歷經師徒制，幸運的是，我拿到的是「放山雞劇本」，兩位指導教授從頭到尾秉持著「你的研究就是你的研究」的精神，一路放手讓我自己闖。事實上，這也是現在英國學界普遍的現象。來的學生雖名為「收至門下」，但學生必須帶著清晰的題目，且百分百親自完成研究，老師頂多糾正一些研究成果有錯的地方，絕不插手研究方向。

當然，放山雞也是有可能跑一跑就掉下山崖死掉的，這時該怎麼辦呢？

那就死掉了，沒辦法。但這是學術路的死亡，不是人生的死亡。學術路的死亡往往是更多可能性的開始。

我曾經以學術放山雞之姿跑到山崖的邊緣，幾乎要跳下去了。我的研究卡關，我覺得人生都壓在博士學位上，如果沒有拿到，我的人生就毀滅了。

而我的指導教授並未急切地將我從山崖邊喚回。他跟我說：「沒有關係，做不出來可以放棄。你如果找到比研究更喜歡的事，就去做。你已經做出來的研究不會不見，他們已經是你的。如果以後你發現自己想要繼續做研究，就回來吧！珍（我的另外一位指導教授）會永遠在這。」

可以說，我的指導教授鼓勵我跳下山崖，他明白汪洋中的我需要的是更多的希望。而要得到這希望，學術的我必須先死亡。指導教授的這番話，代表他重視的是我的人生是否開心，是否按著自己的心去做自己喜歡的事。柯曦答在書中提到，許多前輩殷殷告誡，指導教授不需是頂尖，卻必須是溫暖的人。

對博士生來說，我們深怕被指導教授否定，但我們卻深深看不清，我們是否成功是否開心，不是僅憑指導教授的評價，也不是靠著那厚厚的論文，而是自己對自己的評價：是否有認真努力地過每一天、產出的文字以及寫出的作品是否問心無愧。

從碩士到博士，柯曦答跟著同一個師父，經歷重重困難，好比《奧德賽》中的奧德修斯，各種磨難接踵而至，這邊走了海妖，那邊就撲來海怪。奧德修斯最終回到他心心念念的家鄉依賽卡，而柯曦答卻沒有到達她要的博士學位彼岸。但沒有到達那彼岸沒有關係，身處汪洋中會忘記我們的來時岸，回頭是岸不是沒有道理。回頭才發現，自己還有許多喜愛的事物、想過的人生，有更多會讓自己身心更愉快的事。說到底，許多博士生的盲點是認為自己一定要完成博士學位，才是成功。但博士學位的旅程比較像是開拓自我的更多種可能，中途放棄不是不得已，而是自我的選擇。旅程嘛，走過就好，沒有人規定一定要到達目的地。柯曦答最後說得好，「人生好像也沒有什麼事是必得達到不可的」，這句話送給所有在學術苦海掙扎的人們。

自序——

寫在退學之後，出版之前

就在博士班年限最後一學期主動退學後，人生一切好似順遂許多。我不再需要服藥，月經自動歸來，夜晚亦能安穩成眠。我不再認為自己身處順境只是運氣好，不再苛責自己的不夠不足、不配目前所有一切，不會因為身心皆該休息的時刻卻深受拖延症罪惡感所苦，不再因受任何人的情緒束縛而壓抑貶低自我。

身為一位沒能拿到博士學位的學人，或者「博士落選人」，我僅能任職為低階高教臨時工，為著一門課兩學分基礎涵養課程鐘點費而巡迴數間大學，走跳賣藝，猶如古代吟遊詩人。姑且不談論有否博士學位能申請到大專院校專任或兼任教職之別、不論助理教授或講師身分、不比較授課鐘點和職責、頭銜和威望、比較升等之事，如此努力工作以致兼任教學總時數爆炸的我，生活已然無虞。能達到某種現實期待，是不是人生這樣就已足夠？

博班時期，因必須專注學業卻時常煩惱捉襟見肘的窮學生苦日子，總算到了盡頭。我有足夠能力「牽」人生第一部新車，再也不必為著維修那部二十四年老車的高額費用而憂心。我還額外租下目前租屋處相鄰的小房間作為繪畫工作室，時常與貓室友一起舒服地躺在工作室地毯上悠閒耍廢，或者享受搞東搞西創作的愉悅。疫情期間，甚至得以在工作室裡進行遠距教學。

退學後的日子至今，教書之餘，我在小小工作室完成新的一次書籍配圖工作、參與另一次展覽、賣出幾幅畫、發表數次學術演講。最重要的，雖然博士論文胎死腹中，仍保有書寫能力，並付梓出版。一人一貓的生活裡，多重角色並軌前進，產能澈底大爆發，時常忙得「並軌」（臺語正字「反過」）。生活步調雖飛快，但無比自由的心理狀態卻調整為慢悠悠模式。總算無須背負任何人的期待，我按照自己的時區調整步伐，隨心發展。不為任何人，不隨人起舞。

這本書記錄十年的學海浮沉，總總點滴並非完成於退學之後。碩博班年歲裡，我總是隨手在部落格或社群網站記下研究生生活甘苦談，反思自己的學術表現、與指導教授的大小衝突。總是用盡力氣想達到老師標準，試圖證明自己的優秀，絕不是不夠格、能力不足的研究生。可是，越拚命向上攀爬象牙塔，越容易落入「高人一等」的優越感假象圈套之中，而跌得粉身碎骨，澈底迷失自我。而且，指導教授還會佯裝若無其事的樣子指責：「你為什麼在臉書這樣寫（我）？」

根據教育部針對一〇七學年度大專生休學率的統計，博士班休學者佔百分之二十一・九。每五人之中就有一位博士生休學。這數據顯示博士生離開學術圈或許為常態，沒什麼大不了。相較碩士，博士生涯是全心全意，忠誠奉獻給學術研究的職涯選擇。但是，什麼原因讓博士生們背棄自己的信念，轉身離開呢？也許考量更適合的職涯規劃因而轉換跑道，也許研究題目與自己志趣不符，或者身心俱疲，健康亮紅燈。有的博士生背負家庭與經濟壓力，上有父母下有幼子；研究生工讀金根本無法養活自己，遑論家庭開支？

身處這個狹小圈子內的人，選擇隱忍避而不談，心裡巨大傷口汩汩淌血，還要粉飾太平，偽裝自己一切無事，其實還有另一個因素。「恨鐵不成鋼」、「都是為了你好」、「嚴師出高徒」、「青出於藍」等傳統教育倫理其實創造出畸形、有毒的類職場環境。批評與責備成為家常便飯，公然羞辱和輕蔑嘲弄則是奇怪的轉骨湯，教人硬生生吞下去作為心志的磨練，否則就是違抗頂嘴、沒大沒小。學術專業的養成、教育制度陋習、資源分配與權力的角力，扭曲不對等的師生階級關係，這些因素或許成就一道枷鎖，束縛有好奇心、自主意識、具備研究能力的博士生們身上的翅膀。我們學會飛翔，能夠長成獨當一面的學人之前，雙翅便硬生生被拔除，只因我們必須服從權威。

身旁朋友們時常擔心地問我：「會不會有一天，指導教授發現這本書的作者是你？」「這些文字會不會引起什麼波瀾？」「如果老師讀到了，會不會抓狂啊？」朋友甚至遞給我律師名片，要有什麼萬一便能諮詢。面對朋友們的關懷，我總是悲壯地苦笑，好似奇幻動作片裡的英雄，準備要單槍匹馬衝撞一頭遠古巨獸。

存者。

才不是什麼英雄。我只是一名受過專業學術訓練，卻離開滿是荊棘道路的倖存者。

書寫完畢本書裡提及的種種過往後，我慶幸自己的腦袋再也不須承載這些記憶。研究所時期，開心的過往、不堪的過往，讓文字記載之後，記憶便能遺忘。文字的發明究竟是為了幫助人們遺忘，還是為著增進人類記憶呢？也許，這些都不重要了。書寫自己在碩博士班期間經歷過的種種，對我而言，最重要的是修復自己的傷痕累累的心，試著與自己和解。

人生許多事根本無須戴上「學位」這頂虛妄之冠。

現階段生活裡，教學者、繪者、書寫者，三個身分三位一體，我卻游刃有餘。此刻的我，按自己步調過著並軌人生，全心全意自在探索自我，不為任何人期待，過好每一日生活。我能，是因為我相信自己是可以之人，而非被人蓋章認可「能」與「不能」。

願我的文字亦能鼓勵那些也曾經歷（或者正在）有毒關係之中卡關、深陷動彈不得的僵局、總是挨罵、總是承受粗暴情緒壓力、總覺得自己不夠好之朋友們。

別再道歉了。身為自己，你已經夠好！

目錄

輯一／拾自尊

輯二／知生活

輯三／聽人話

輯四／友多聞

輯五／學做人

輯一／

拾自尊

1—1

放棄的勇氣

依然時不時在夢中見到指導教授「女王」。

無論精神分析任何學理流派，大抵同意夢境是反應心理狀態的一種腦中成像。我有兩個夢的模組，多年來反覆出現一樣的架構，一個是女王的非難，另一個是戀人離去。戀人離去的夢境模板逐漸不再出現。熱愛星座命理的同班同學大仙根據我抽出的塔羅牌，表示情人就像站在一輛古羅馬戰車上，全副戎裝的騎士，朝著自己的方向蠻橫地橫衝直闖而去。「Away, away, for I will fly to thee.」到底「汝」（thee）指涉為何？鎧甲之下究竟藏著什麼人？誰也不清楚；任誰也拿執拗的騎士莫可奈何。

而指導教授夢境模板，依然反覆演變出多種場景，但不變的結局都是我的挫敗。有時場景是研討會，發表即將開始，我卻將講稿忘在家，坐在台下的女王暴跳如雷。有時，我站在講台上，望著講稿卻一個字也讀不出來。又有次，學生擁簇之下的女王瞥見我，但視而不見。想來，長年以來太在意老師評價，擔憂自己學術表現無法獲得認可，無處可去的焦慮轉變成畫面困擾自己。那些日子，我沒有辦法閱讀被老師嫌棄的博士論文中的文字，或者接受被嫌棄的自己，時常恐慌感隱隱而升，反覆問著：「為什麼別人都能寫超棒的文章？而我就是這麼差！」「為什麼我怎樣就是想不出新鮮議題？總是拾人牙慧？」

同學大仙的塔羅牌先是出現惡魔卡，再來是相互折磨的九把利刃、八組刀。對指導教授的恐懼已沁入我的大腦深層意識，就連作夢都被罵，只要面對面我就全身僵硬顫抖。面對從天而降的九把利刃且刀刀見血，卻是一籌莫展近乎殉道。完全招架不住的言語不僅是一把刀，那是毀天滅地的維蘇威火山，逃也逃不了。

面對無可解決的僵局，我想過一百萬種解決方法。但，到了最後，放棄似乎是最好的方法。放棄需要無與倫比的勇氣，否則哈姆雷特就不必為了到底該或不該而長嘆千古佳句：「To be or not to be ?」

如果漫天飛散的火山灰掩覆了脆弱軀體，肉體存在消散後還能注入石膏，留下模組供後人參考，這也是一種絕佳學術貢獻，是吧？

十年博士班歷程中，指導教授一點一點滋養栽培，因而累積我腦袋裡的豐厚知識學養。萬分感激她手把手地教育，嚴格指導學生做人做事的基本準則，好讓離開學術圈之後的我，依然時刻謹記如何恪守原則。再者，指導教授的極端嚴苛與無常情緒亦是一本教科書，點醒自己別揠苗助長，把變形扭曲的原則加諸他人（或是自己的學生）之上。

離開學術圈後，某日清晨醒來前我又夢見自己還在研討會場合。指導教授也在其中，另外還有已逝的佩佩教授、考利教授夫婦和英國研究中心的師長們。他們親切招呼著我，如見老友。意外地，我的老師盈盈笑臉，朝我而來。與老師在會議間的茶會時間裡吃了甜點，然後準備前去參觀盎格魯撒克遜手抄本展。走入售票口後，我便和老師走散了。夢裡沒有紛爭，沒有言語情緒霸凌，一切雲淡風輕。我們就只漸行漸遠。

夢忽然醒了。

從博士班退學之後，此刻才明白，我的內在一直不斷反抗的，表面上是那個如夢似幻，烏托邦的學術巨塔世界，或指導教授女王的權威。事實是，我不停地反抗著真實的自己，說服自己苟延做著自己可以做（也許做得還不賴），但卻極度不喜愛的枯燥事務。塔羅牌中，惡魔、利刃與刀，這些也許隱喻人與人之間的摩擦干戈。躲不掉干戈，無力解決問題時，適時離去也是沒有辦法中的辦法。只是，惡魔與利刃也許更象徵自己內心風暴，自我折磨、自我毀滅，每個人都有跨不過的檻。於我，「總是做不好，總是無法達到老師的標準」即為象牙塔裡那道高聳的檻。跨不過的檻，只好學拉筋，學習撐竿跳，或是找個凳子，總之要跨過它。只是，真實的自己其實一點也不喜歡這個由他人設下的門檻，再努力也徒勞無功。要是總有一天，必須反抗自己內在的惡魔，學著與之和解，那麼為何不乾脆跳脫這道門、這個檻，插上翅膀飛離僵局呢？

放棄或是離開並非失敗，僅是明瞭自己所能與侷限，設下停損點，人生並不會因此失去什麼，卻能從此得到更多新的體驗，以截然不同的生命視角省視每一刻。而生命不就應該浪費在更好的事物上，誠如咖啡廣告台詞所言嗎？

我放棄了那個苟延掙扎在所有負面情緒裡的自己，視之為一種反抗。牙一咬，忍痛揮別習慣將就的十年學業，於是才能一點一點重新尋回真實的自己。回到生活本質，毫無懸念地嘗試生命裡的各種可能，做任何喜愛之事，不為任何學歷資格而閱讀，重拾藝術創作或者什麼事也不做。

後來的後來，夢境裡，有時指導教授女王還是模糊地出場。她的台詞再也不是責怪非難，怒斥這個或者那個不好。夢中她的出現僅象徵著往昔。

在她的門下學習從事博士研究的那個十年，我終於釋懷，不再苛責自己。只有全然接受自己所有缺失，正視自己的長處，潛意識裡的內在反抗才能真正獲得自由。這是退學之後重獲新生的我，從自己的經歷而認知的寶貴體悟。謝謝自己鼓起放棄的勇氣，正視自己的「無力」與「能力」，才能勇敢地朝著全新世界，展翅飛去。

1—2

最後星期二的午後會晤，撐過就好了

星期二，晴時多雲，霧霾濃重，隱約預報著即將來襲的無聲風暴。星期二午後，指導教授與我約了會晤討論博士論文。那次，我最後一次走進人文學院指導教授研究室，進行最後一次論文會晤。皮繃緊，臉皮厚一些，牙一咬撐過就沒事了。大家都是這麼過來的吧？

總有這種時刻，我們必須單槍匹馬獨自面對無力招架之人，無法承受之事。那人可能是魔王關卡等級的指導教授、上司、長官或老闆，也可能是難纏的夥伴、同事、無理的戀人、起毛球的伴侶。那些事可能一個不留意，就令人的尊嚴粉碎一地，眼淚不止息。也許事前再多心理建設都無法消除恐懼膽怯，但是還有什麼辦法呢？

皮繃緊，臉皮厚些，牙一咬，撐過可能即將面臨最糟最難堪的時刻。最重要的是，別丟掉自己，且能穩穩地接住那碎掉的自尊。此刻的我要能重回當時，見著因擔憂焦慮指導教授尖銳言語，站在研究室門外瑟瑟發抖的那個脆弱的自己，一定要拍拍她肩膀，給出一個溫暖擁抱，告訴她：

「別擔心，撐過就好了。」沒有過不了的檻；如果有，那就別跨！拆除它，或者轉身而去也是辦法。但是別讓那道檻困住自己。

扔掉壓垮自己的博士學位包袱，如今一身自在輕鬆。但身處困境的當下可並非如此。記得那個星期二是三十來歲生日的隔天，我站在長長迴廊上，盡頭是指導教授的背影。她只是一直向前走，沒有停下來也沒回過頭探看我的呼喚。

「老師，等等我。」

快步而行幾乎奔跑，我想跟上老師那招牌式、緩慢且沉的腳步，但我們之間的距離卻越來越遠。迴廊上整齊站了一排學弟妹。不知道為什麼這麼大陣仗？但學弟妹們一個個面無表情，以漠然對望我的慌亂。竭盡所能地左閃右躲，避開學弟妹們冰冷空洞的目光，慌亂中總算找到老師所在的研究室。她和其他教授們坐在一排長桌前，板著臉，渾身散發女王般的威儀氣勢。長桌前坐著幾位怯生生的考生們。

原來，這天竟是論文口試。

口試早已開始，我也是其中一位應試學生，且居然是最後一位入場的考生。迅速坐下安頓好，我打開背包取出裡頭滿滿的文獻，卻發現自己其實一點準備也沒有。奇怪的是，現場沒有人發現我的困窘，沒有一位教授看見我也坐在那裡，是當天準備參加論文口試的博士生之一。我的指導教授視若無睹，彷彿我不曾存在於這學術殿堂中，我不是她的學生。什麼都不是。

不知怎麼辦之際，輕快愉悅的貝多芬七號交響曲第二樂章隨即響起。唉，原來是設定好，清晨七點的鬧鐘鈴聲。才發現剛剛的口試只是清晨醒來前的噩夢。說是噩夢，事實上是心裡的焦慮恐懼投射成一部腦內超現實微電影。

我從尷尬的口試現場回到現實。因熬夜趕稿修改博士論文中章節，睡眠時間已然短暫，又多夢；醒來之後頭痛欲裂。可旋即而來是早上八點的課程，而且必須連續授課四小時，我只能攜帶自己的焦慮鬱悶去上課。上午結束大學基礎通識課後，淺眠又空腹，體力與腦力早已透支，但焦慮緊張讓我全身顫抖，胃糾結一團。從清晨噩夢中驚醒，好像只是為了回到比夢還要窘迫的現實生活學術人生。因為，午後我就要進宮面聖了。

「進宮面聖」亦即「赴指導教授辦公室進行論文會晤」。

進宮面聖是我與研究所同門師兄姐弟妹們的暗語，是一件像覲見皇帝國王般，必須提心吊膽戒慎恐懼的大事。聖意總難測，唯恐稍不留意就會以下犯上惹聖怒。輕則挨罵；重則讓看不見的凌厲眼神大刀給當庭問斬。私下，我們一群研究生暗暗為指導教授加冕，戲稱「女王陛下」。這場宮廷大戲，我們的角色有時是卑微僕役，有時是微臣。總之，權力關係不對等，人微言輕。指導教授手握研究生生殺大權之事，在這小小的圈子裡心照不宣。大家都知道，少有人敢違抗。

通常，將論文草稿寄給指導教授後，總有一兩日等待回信的空窗期，之後才能知道何時會被宣詔進宮。我時常在等待的這段期間，不停端望電子信箱訊息，盼著通知跳出手機畫面的那一瞬間，會有來自女王陛下的回覆。可弔詭地，我也同時極度不願見到電子信箱的來信，通知「您已收到女王的回覆郵件」。矛盾的心思與女王的回覆緊密相連，因為就連電子郵件通信往返，女王似乎都不放過任何一點能挖苦酸人的機會。只要是星期二午後必須與指導教授會晤的日子，我總是焦慮地失眠，就算能成眠也時常多夢。

「我的時間有限，不是二十四小時都開著的便利超商，隨時服務。」

「你這封要求論文會晤的來信實在魯莽唐突得可以。」

「我略略讀完你的論文草稿，出乎意料，你的稿子令人失望。」

「這份稿子不行，你必須修改好再來找我。」

「你說這份稿子是完稿？完成度在哪裡？我有說可以通過了嗎？」

「你有按照我的指示去修正論文嗎？你總是不按照（嘆）我的指令做

事。」

「你說你已完成上百頁論文頁數，怎麼我不知道？怎麼沒有我的認可？」

「若是如此，請你另請高明。」

「我沒有這種欺上瞞下、不誠實的學生。」

時常收到像這樣的回信，最後這一串電子郵件文字更是一絕，逐出師門的徵兆表露無遺。電子郵件白紙黑字，但我讀得出對方情緒。也許我總是太過用力解讀老師的語氣，冰冰冷冷且又酸又苦。

面對面會晤時，我總是被厲聲數落，被責備。打從內心十分不願稱指導教授與學生見面討論的時機為「面談」或者「會談」。我已記不得任何一次這樣碰面時，自己能開口說話的機會。我們面對面時，僅僅是「會晤」，就是照面，然後我從頭到尾都在挨罵，開口說話的機會也許不到十句話。然後，我的眼淚大多時候伴隨身體一起出席這些難堪的會晤。臉皮薄，自尊心又高的人似乎無法控制失態的淚水。每次會晤時，我都會在牛仔褲後兩個大口袋塞進紙巾，好方便擦拭失控的淚水與鼻涕。喔，還有別忘了帶上一個減壓大背包，好在會晤之後撿拾碎了滿地的自尊。

女王見到我落淚，並不會因此減緩所有苛責，只是更難以抑制她的盛怒。事過境遷，此刻的我明白專業關係中最重要的通則：「作為一種表達方式，情緒無法解決任何問題。」覺得委屈而掉下的淚水無法替代理性討論，認為對方達不到要求而發怒的情緒詞彙亦無法說服任何人。

聖經中《哥林多前書》第十三章第十二句寫道：「我們如今彷彿對著鏡子觀看，模糊不清，到那時就要面對面了。我如今所知道的有限，到那時就全知道，如同主知道我一樣。」

我望著自己的論文章節，模糊不清；但當我隔著淚水，面對猶如「上主」般的指導教授女王陛下時，依然模糊一團，不知到底她要的是怎麼樣的學術成果。我所知的如此有限，但會晤的時候依然晦澀不清，聖意難測。我很害怕見到自己努力寫出來的成果，瞬間就遭到否定。因為非常在乎自己的心血，必須竭盡心力才能完成稿子。但是它永遠不夠好，不夠好到讓老師不失望。但往往，收到的信件回覆都是「不完整」、「不夠」、「不好」、「不知道究竟在論述什麼」。只要收到這樣的回覆，我的小小世界一瞬間塌陷。不過，小小世界自就讀博士班開始，十年來幾乎沒有穩固過。

但我仍竭力根據女王的每一個評語修改至深夜，在周一生日當日寄出論文。然後，以冰箱僅存食材給自己做了頓簡單的一鍋到底料理義大利麵充當生日晚餐。真的很簡單，是所有曾經放洋過的孩子都會的生存技能。單鍋倒入剛好蓋過麵條的水量，煮沸義大利麵，之後加入洋蔥、番茄、大蒜等基底蔬菜，初榨橄欖油與鯷魚，以及義大利香料即可。繳出稿件後，我心滿意足吃著晚餐。研究生生活再怎麼悲慘，飯還是要吃啊！

未料到隔日竟是人生最後一次博士論文會晤，最後一次刀刀見骨的教訓。

此刻想來，我撐過了當時最糟糕難堪的時刻。我想，學術仕途順遂的女王大概不曾如此被人狠狠糟蹋羞辱，且必須自己收拾殘局。

一陣風暴後，不會馬上雲淡風輕；風暴之後一片狼籍，碎了滿地的尊嚴，只有自己有能力將自己拾起。不借他人之力，就只有自己。就這點看來，我大概青出於藍呢！

1—3

修正修正，再修正

「Mone me, si erro.」要是我犯錯，請糾正我。

這句源自古羅馬人的教育金科玉律，是我的專業領域中必修語文第一課內容，亦是專業訓練中的不二原則。犯了錯當然必須修正，但不見得每個人都喜歡被糾正。若是自發性，主動發現錯誤，承認錯誤並且及時更正，甚好。要是失誤被揪出糾正，尷尬之餘還是得承認它，想辦法讓事情圓滿。

有時，面對怒氣難抑的對方而且無法答辯時，我從家中的貓夥伴暗暗習得一項技能：睜大無邪天真的眼睛，雙眼放空回望那情緒高張的臉。抽掉自己的情緒，轉而端詳對方情緒展演時的臉部線條，是有趣的觀察。譬如女王動怒的時候，眉毛與眼睛幾乎連成一道狹長縫隙，而縫隙中間歇噴射出高壓氣體，高溫灼熱，令人無法親近。啊，就好像世界地理奇觀，自地表高壓射出的間歇噴泉，那樣壯觀！

修改學生作業或者與學生討論報告計畫時，我總會想起這些與情緒表達相關的過往記憶。希望對方好，因此疾言厲色地糾正對方，這絕對不會說服對方往進步的地方前進。「我認為，若你能這麼做，或者改成這樣，一定會讓整個報告更容易凸顯想說的要點。」過往經驗總是讓我提醒自己別一開口就糾錯，即使只是拉高音調，學生都會以為老師很凶。

修正修正再修正之後，要是還是無法達成對方預期，且雙方溝通未果後，也別往心裡去。許多時候，我們願承認錯誤，但問題根本並非於我。

回想當時，為了最後一次星期二的會晤，午間結束鄰近任教大學課程後，我回到母校。每一步通往女王宮廷的前進都讓我全身顫抖。拖著步伐，沿人文學院二樓長長迴廊，心臟怦怦跳個不停全身緊繃，終於費力走到迴廊盡頭女王的研究辦公室。

那日，辦公室的門敞著。遠遠地就能聽見音量頗大的電視新聞播報聲響。我敲了敲敞開的門，「老師，我到了。」我試著讓聲音保持平靜。

女王獨自坐在三人座沙發上，望向她辦公桌上的電腦螢幕，螢幕上不是我的論文稿件，而是網路直播的電視午間新聞。打完招呼後，我踏入女王辦公室。她沒有看我，只是以鼻音低聲「哼」了一下，十足氣勢。接著，她示意我拉把椅子坐在辦公桌前（我不是那些能得到賜坐沙發的尊貴之人）。由俐落整齊的辦公桌上公文小丘中，女王抽出我那份最新的博士論文綱要修正稿，而另一份長達五十頁的論文第一章初稿也壓放在公文小丘中。

「怎麼會改成這樣呢？」女王皺著眉眼嘆氣質問。

女王皺起眉時，大部分指導學生都會為之一撼；她皺起眉眼的神情會讓人瞬間否定自己，認為自己就是如此惹人嫌惡。很長一段時間，我想我就是一個會令女王嫌惡，乖張不遜的學生。但絕望的負面情緒遮蔽了一個事實：曾幾何時，我也曾是令老師驕傲，乖巧又聽話的聰明學生。

女王陛下劈頭便糾正我的語句中的文法和邏輯。她沉著臉說：「你的文筆已經算不錯了，但論述還是非常不精確。你看你寫這些是什麼句子？文法怎麼這麼差呢？虧你還是大學中的兼任老師?!」「你在大學教書耶，就是我的同事，這樣出去能看嗎？」

博士班第七年起，我斷斷續續地修正這一份永遠不會被蓋章認可的博士論文綱要。我將發表於國內外學術研討會的論文們納入博士論文所探討議題的範疇裡。這份學術計畫案題綱，四年前通過了國家型計畫審查，獲得國外共同指導教授協助修訂，讓我得以獲得全額獎學金，赴英國進行為期近一年的學術研究。可是，回國之後，這份博士論文綱要卻突然無法通過女王的標準了。四年來，我這份博士論文綱要像被詛咒，卡在原地，鬼打牆動彈不得。如果這份論文綱要無法獲得女王認可蓋章通過，我便不能申請論文綱要口試，通過三位委員教授的考核，成為博士候選人。

我一直認為是自己不夠努力，才會讓老師失望；因此我不斷努力修正，一遍又一遍修正這份論文綱要。可是，眼望博士修業年限大限已然將至，只剩下不到半年，而我的論文尚有兩個獨立章節初稿還未生出來。五十多頁的第一章初稿讓女王紅筆批改到血流成河，我稿子上那一萬多個密密麻麻黑字組成的大軍，全被殺個遍甲不留，語句論點潰不成軍。

女王刪去我反覆修改之博士論文綱要中的許多段落，讓一開始包括書目將近五十頁的綱要縮減為四十頁，後來變成三十頁、二十頁，最後只剩下十四頁。她刪去我辛苦整理了數年的文獻回顧，說那些東西太空泛不精確；她刪除了我針對議題整理好的歷史背景脈絡，說這些不必寫在論文綱要中。她刪掉我的標題，說這個字那個字不能這麼用，然後再質疑我的論文連個標題也沒有。她刪掉許多東西，說這樣我的論點才比較簡潔有力，但同時她也質疑我的論文其實根本沒有論點。

「論文是你的，我總不能幫你寫出論點吧？」老師沒好氣地表示。

「如果你能好好用正確的文法表達出你的意思，你的博士論文論點可能會很有可看性，但你沒有，也不能達成這樣基本要求。」只是，倘若所有章節中的論點，我都能提筆寫出又確實又簡潔、論點犀利又新穎的博士論文章節，那我還需要指導教授指引方向嗎？自己指導自己不就好了？

女王批評完論文綱要整體方向後，接著又刪掉了綱要中，第二章我自認為最重要的核心論點，也就是又新穎又有可看性的主題，講述歷史中的恐懼情感意象展演。第二章中的論點，明明先前可行，卻一夕間崩盤。她還質疑：「第三章要提這麼多文獻，你掌握得了嗎？」

「你寫那什麼結論？」最後，她刪掉我的結論簡介。

「那老師，我的論文綱要沒有結論怎麼辦？」我怯怯地抬頭問道。

「你就寫『待續』好了。」

女王的回答，我完全無法接受，為什麼刪除我的原定結論，還要告訴別人未完待續？我的博士論文綱要並非未完成，我並非沒有寫出結論呀。就算再怎麼不完美，再多瑕疵，他們都是我所能寫出，一點一滴的成果。

我的一點一滴全被刪除了。

這場星期二午後會晤一如往常，女王從專業領域教訓起，犀利的批判內容擴及我這段讓她預告不合格的學術生涯，甚至蔓延至私領域。她從我的論文題目話題連結到甫歸國的同行新科博士林大衛。永遠覺得我不合格的女王話鋒一轉，提及新科博士申請國立頂尖大學的助理教授聘任案是她審查通過的。她說：

「你看看人家林大衛，這間國立大學的正式教職這麼好的機會就被人家拿走了，何況林大衛做的東西幾乎跟你的一樣，你呢？你花了幾年還在寫一樣的東西？而且還寫不出來！你有問過人家都寫些什麼東西嗎？你看人家從美國拿到博士回來後，一副志得意滿跳啊跳的樣子。然後呢？那天在研討會發表卻被英國來的學者狂電的糗態，你不也看見了？」

我聽不出究竟她在鼓勵我，在酸林大衛博士，還是表達對我的澈底失望。我的論文終究連題綱都無法被接受，無法申請論文綱要口試，成為博士候選人。藉著林大衛的例子，女王再次語重心長表示，從拿到博士學位一直到能在學術圈做好研究，這樣學者養成之路是長長的一大段時間。

「但是你還差得遠，就連博士候選人資格也很勉強。」

「你的能力就到這邊了。」最後，她大概教訓累了，嘆了口氣後下了這結語。

這樣的評論，我心底清楚，女王言下之意是頂多只能讓我通過博士論文綱要口試，拿到候選人資格，接著學業年限就截止了，我必須讓學校勒令退學。十年博士班學業之後，幸運的話，我只配獲得一張完全沒有屁用的博士候選人資格，而這樣的資格就連證書也沒有。

「你喔，就算拿到博士學位，那又如何呢？你依然不是個學者，差得遠呢。」

「拿我們這間國立大學的土博士學位出去國外跟人家美國哈佛、耶魯大學，跟英國牛津、劍橋、聖安德魯斯大學的博士比起來，又如何呢？只會被他們看不起！」

那個午後，我終於明白了，我所有努力根本徒勞無功。我的稿子甚至沒有辦法送出給博士論文綱要委員會的外校教授們指正。文法、語法、論點、結論等，我就被卡在這個地方，反反覆覆地修改都是無用的，我達不到老師的標準。這標準是否有個底限，我永遠不會明白。

「你走吧，回去之後照我跟你說的方式修改，再給我一份修正稿。」可是老師，我一直按照你說的方式反覆修改，修改又修改，就是沒有一次稿子能被接受。

我知道自己的疑問不會得到任何答案。「修正」是為了更好的下一階段必要之需，但「修正」也能成為線性時間點上，永遠被無垠推遲的一種手段。要是我能再早點看清，也許就能及早發現社會上、江湖間所謂的刻意刁難。

「你走吧」也是明顯暗示責任撇清。每每會晤，女王都會刻意將時鐘擺在顯眼處（有時也刻意地使用手機計時），每次一小時，太早到，是無理唐突；時間終止後，會晤也絕不會再多出任一分秒。時間一到，她明確下了離開宮廷指令，有時也會搭配明顯的動作，強硬終止這樣的面對面會議。

星期二的午後會晤，直到步出研究室，我的眼淚忍不住，這才落下。退出辦公室，踏入長廊時，我邊走邊讓淚水恣意地流，幸好這時刻走廊上沒有其他學生，亦沒有其他教授恰巧步出研究室。但我還是刻意選了一條沒有人的階梯通道，走回人文學院停車場，將自己鎖進我那台接收自爸爸的老車，女王稱之為「破車」。接著，開始放聲大哭。很好，至少這次我將情緒忍住，別在專業討論場合時失態。

我的能力就到這邊了嗎？是時候該放棄搆不著的學位了嗎？還是，再試著努力最後一次，好好修正博士論文稿件呢？

過去十年間，早已做過無數次修正，該修理的早已努力整修，有過必改，誠心道歉。但世上沒有完美無瑕，一點破綻也沒有根本不可能，就連博士論文也是。總會有那麼些過錯，標點符號、引文格式、文法規則語法矛盾等。嚴謹挑錯是必然基本原則，做人做事做學問皆該以此為圭臬，不得因循苟且。但若是「修正」此事本身像藤蔓無窮無盡地展延，那麼，便不會有完成的那天。

最好的修正在於取得所有相關之人的最大共識。但是當時的修正稿，老師與我之間毫無共識。很想告訴當時的自己：

「嘿，你真的盡了一切努力修正再修正了，沒關係，這樣就夠了。剩下的隨它去吧。Let it go！」

若是當時困境中的自己能退後一萬步看透這樣毫無共識的會晤、失去雙向的對話，若能如此該有多好！那麼我便不會因此連日身心煎熬，一步步走向毀滅。

1—4

還是得推動巨石啊，薛西弗斯

希臘神話中，受神詛咒的薛西弗斯好不容易將巨石推上山頂，但巨石剎那崩塌，滾回山腳下的原點。也許他正躺在山腳下，崩潰地失聲痛哭，就這樣一個人哭著，完全沒有人發現。只是，哭完之後還是得重新扛起巨石，艱困地將石頭推上山。

「看你是要哭完再做事，還是要邊做事邊哭，隨你。」想起從前學姐提起，校內某系所主管丟給下屬這麼一句看似毫無同情心的話。但現實就是如此，一時情緒宣洩是必要，但情緒無法解決困境。

當時，會晤完畢回到家中，我一個人抱著膝蓋坐在房間裡，哭得撕心掏肺。套房小空間中，我的毛茸茸貓室友擔憂地望著我滿是淚水的臉和無止境失落鬱悶。貓室友表示能感覺我好像就要窒息，心臟就快要爆炸了。牠嗅嗅我的臉，乖巧順服地窩在身旁，舔了一下我的手。但我再沒有氣力按照女王的指示，修改那份改來改去就是糟糕透頂的博士論文綱要。

我再也不想推動那個薛西弗斯受詛咒的巨石了！巨石早已將我的世界壓得扁平，我再也爬不起，推不動了。

精神與信心澈底被掏空的這周，大多時候，我都像星期二會唔完剛回家時那個被擊潰的樣子，身心全讓黑暗情緒吞噬。就一個人抱著膝蓋，坐在房間正中央地板上，望著書桌散落的大量文獻，怔怔看那滿牆書架上專業又古老的昂貴原文用書。更多時候，我只是任憑失去力氣的身體癱臥床上，眼淚沾溼枕頭一大片。反覆在心裡質問自己：我真的那麼差嗎？我的句法結構真的那麼糟糕嗎？我的論點就如此混亂嗎？難道不能讓我好好把剩下的第二章後半完成，寫完第三章，寫完結論，然後再重頭修訂嗎？難道不能將我這位僅剩的博士生好好地指導完，然後您再申請七年一度的教授學術休假嗎？難道就不能指引我一條清晰的道路，完成博士論文，然後您再離開學校嗎？我就只剩下半年不到的時間了。

「時間不站在你這邊。你也別想急就章，從我這兒撈到博士學位。」

「六月學期結束前我就要離開學校，休我的學術假去了。別指望暑假期間會有老師能幫你口試、改論文。別想得美了。」

最後一次星期二午後的會晤結束後，直到周末不須到大學兼課的這三日間，我撥電話向另一所任教大學請了兩天四堂病假，說自己因扁桃腺發炎發燒著，無法到校。真實的情況是我的心理狀態嚴重失控，心發炎感冒了卻無法明說，身心皆糟糕。終於掙扎由床上起身後，失去氣力的我坐回書桌，檢視那一堆攤開的學術文獻，開始回想那被詛咒的博士論文綱要、被嫌棄的第一章、長達二十多頁近百筆的參考文獻書目。我實在不甘心，究竟我與指導教授之間的師生關係為何惡劣到這般不堪田地？

我從最原始寫好的博士論文計畫書開始翻閱起，細細爬梳哪個環節出了錯誤。壓垮駱駝的最後一根稻草，最新這份女王批改完退還的博士論文綱要，與四年前博士班第六年時，申請赴國外進行博士論文研究所提出的博士論文綱要計畫書完全不同。四年多前，我全心全意熱愛研究，選定好主要研究文獻後，將議題聚焦於情感展演史。原計畫案有幸通過國家型補助博士生出國補助，獲得赴英國短期研究近一年全額獎學金。接納我申請案的英國一所研究型大學指導教授——芭蒂．葛斯蒙博士，是女王的舊時同事。女王曾在該所大學擔任訪問學者。我會申請這所大學全是因為想要跟隨女王的學術歷程，視其為學界最令我景仰敬重的楷模。況且英國這所頂尖大學擁有全歐洲最盛大的領域學門年會，每年吸引上千人共襄盛舉學術饗宴。四年多前，女王極力推薦我到葛斯蒙博士麾下短期交流，喝些洋墨水為自己「鍍金」。否則，像我這樣的土博士，缺乏旅外經驗如何在國內與人競爭呢？

博士班第六年初準備飛往英國進行短期研究前夕，我完成了系所博士章程中規定的所有資格考，只差申請論文計畫綱要口試，就能取得博士候選人資格。女王與我的共識是待英國做完博士論文文獻研究後，回國再申請綱要口試。

回國之後的第一次會晤，女王認定我的旅外研究是糟糕失敗的。她說我無心學術，沒有認真讀書做研究。她設下一個高聳的學術目標，要我到大學圖書館中，閱讀蒐集那些收藏於善本室裡的第一手史料，並且加以研究。但是沒有人教我如何解讀史料中奇形怪狀的文字，那並不是一時半刻就能學得來的專業能力。女王提及當年她在國外就讀博士班時，選修了這樣的課程，習得相關訓練。

「可是老師，台灣就沒有這樣的課程教我如何破解這些古老文字啊！」其實，我心裡想說，可是老師，您從來沒有教過我這些專業能力。

「學校僅規定三周一次指導會面，葛斯蒙教授實在沒有多餘時間或者義務帶我進入善本室，親自教我破解一手史料。」女王沒有回應我的反駁，只是搖頭又嘆氣，認為我浪費了大好機會。

女王評論我在英國重點大學學術會議上發表的論文亂七八糟，視我的低落情緒全是放浪行駭。指責我在英國花錢如流水，「買那些書做什麼？」「居然還有時間到蘇格蘭、冰島旅行？」盛怒之下，她指著我批道：「你還以為是自己很行才拿到獎學金嗎？你只是幸運。」

「審查你這個計畫案的是我學弟，也就是第一頂尖大學的A教授都來跟我邀功，討這個人情了。他要我當他指導學生的口試委員呢，你說我要不要還這個人情？」

這些話，完完全全地當頭棒喝。太震驚了，我無言以對。

原來，為了申請赴外訪問研究，我花了好幾個月寫的博士論文計畫都不算數。當時亦寄給葛斯蒙教授幫忙修訂之後才繳交送出到國家單位的申請案，在女王眼裡一文不值。我在英國發表的研討會論文被評為亂七八糟，「寫那什麼論文？引用那些文獻幹嘛？」我在英國的自由自在生活，外出遊歷，都被解讀為放浪行駭，不認真課業。從英國回台灣之後屈指可數的會晤，每一次我都會被罵哭。從那時起，女王開始以時鐘準確計一個小時的會晤，彷彿多見到我一秒鐘都能讓她反感。會晤中，超過四十分鐘時間，我都在被罵；剩下的十分鐘是安靜。而我真正能開口解釋自己的想法，為自己辯駁的時間，也許不到五分鐘。當我因委屈而落淚，會被女王解讀是鬧情緒。當我反駁，會被認為是回嘴挑釁；當我動了氣，言辭激烈反嗆，於是我是一個家教不好、叛逆的人。當我終於再也沒有辦法做出任何回應，沒有辦法出聲只能流淚，或者終於面無表情，於是，這樣的情緒表達更只會激怒指導教授。

我明白專業場合不該帶入情緒，失去理性對談的機會。但原來，情緒表達也有階級權力之分。情緒表達若視為一套文本，閱聽者當然擁有截然不同的劇本，截然不同的詮釋方式。

難堪的是，當我被教訓時，辦公室還有一位來接我的職位，擔當女王教學助理的碩士班小學弟在。我的頭低到不能再低，深怕一抬起頭，因羞愧漲紅的臉與眼淚就會被小學弟看見。自尊是什麼？可以吃嗎？就像這樣，我那身為博士班大學姐的尊嚴給人踐踏碎成一地，還要跪下來一點一點收拾乾淨。

最後，女王在我必須提繳給國家核銷獎學金經費的「結案成果報告書」

中，指導教授的評論裡，為我近一年在英國短期研究歷程，大筆一揮僅留下十個字：「百尺竿頭尚待更進一步」。

這是哪門子的評論？

當我一個人獨自飛行一萬公里，到地球的另一邊求學和生活，體驗未曾有過的異地經驗增廣見聞，卻得到這樣一種模糊曖昧的學習評語。陳腔濫調，一點建設性也沒有。參照對比，上一欄國外指導教授評論欄位中，葛斯蒙教授簡述我在英國的歷程，給予肯定評價。她寫道：

「博士生柯曦答於本屆國際學術研討會上的會議論文發表表現良好，即使現場聽眾為數不多但多給予正面評價，聽眾中的教授們亦提供其建設性建議，發表會後現場討論互動融洽。曦答本身亦十分積極參與本學院舉辦的各項學術活動，尤其歷史工作坊和藝文展覽裡總少不了她的身影。曦答對古代物質文化興趣高昂，未來一定能在該議題上貢獻所學。」

博士班第七年之始，自英國歸國後的第一次進宮面聖，對我失望透頂的女王命令我這前教學與研究助理交出她的研究室備用鑰匙。當著我的面，她把鑰匙遞給碩士班小學弟，春風滿面得意揚揚地與小學弟話家常，交代辦公室日常庶務。

我明白這個動作的象徵含意，我就要被趕出宮了。

女王與我，嚴格而言是宮廷裡的君臣、主奴，古時嚴謹的學徒制中的師徒，也曾像是毫無血緣的母與女。老師以豐厚學問滋養孕育我的大腦，最後她諭了一道懿旨：

「就這樣吧，我和你的關係就到此為止，以後我們只有學術專業往來。」

永無止境，推動那顆總是又再度崩落的大巨石，薛西弗斯呀。我們必須想像，認知一切荒謬性後，他蔑視嘲笑毫無意義的一切。哭泣也好，嘲笑也好，哭笑完之後，還是得上工。看是要哭完再繼續做，還是邊哭邊做。總之，我們必須想像薛西弗斯是快樂的，笑著接受世間荒謬，要不然還能怎麼辦呢？

沒想到卡繆居然能如此透澈剖析我那修正永遠沒有盡頭，荒謬的博士論文。若能及早讀懂荒謬與虛無，便不會如此糾結其實本質虛無的博士學位了吧？

薛西弗斯一趟又一趟地推著石頭，而我十年間踏過幾大洲，閱讀無數書籍；我們一定早已從中學到寶貴知識。

石頭崩塌也罷，博士學位未能獲得也罷，日子還是得繼續。新的一輪荒謬還是再度由東邊升起，西邊落下。要是就這樣登出，要是不能認知世間那些未可解釋的荒謬，這才是失敗者，一點也無法享受苦痛與自在開心，其實總是相生相伴。

1—5

另請高明，那也無妨

想當時，從英國歸國後的指導會晤中，女王殘忍毫不留情的批判大刀，砍得我傷痕累累。爾後，我開始封閉與她的所有聯繫，將自己關進自己的小小世界，逃避所有與博士論文相關之事。博士班第七年，論文進度完全空白，可想而知，我沒有按原定計畫，繳交通過指導教授認可的博士論文計畫書；指導教授當然也不能聯繫校外學者組成論文計畫委員會，讓我申請博士資格候選人口試。

那段時間，我以各種顏料填補空白時間，閱讀未曾閱讀過的古老文獻。只是因為有趣，不為任何人。人們常說上帝關了一扇窗，絕對會再打開另一扇。我邊質疑自己的專業能力，卻接二連三獲得幸運機會，教授自己的學術專業、開始參與畫作展覽。

這段期間，意外應我們領域學門中的一位教授邀約，前往某國立大學授課一門西洋文史課程。沒多久，又獲邀前往知名大學擔任核心文獻課程講師。我還到距離自己住所四十分鐘車程的小鎮大學分校，輔導弱勢與身心障礙的學生，遇見重度腦性痲痺只能靠眼球移動控制輔具表達的學生、閱讀障礙的學生、因身體失能而遭霸凌的學生。原本只因為無法放過兼任教師授課餬口飯吃的絕佳機會，但我邊輔導特殊學生，勉勵他們相信自己的無限可能，一邊質疑自己真有無限可能嗎？難道自己不也是深受霸凌之苦，必須接受輔導的可憐人？

教學現場上所有付出、熱忱以及同理心教學法，我的學生與家長有目共睹。並非每位頂尖大教授都有同理心。而我的同理心教學法來自自己親身經歷，己所不欲勿施於人，就是同理心。因為學生與家長鼓勵，我一點一點撿回自己，以及那被遺忘許久的學術研究。

博士班第八年，終於整頓好自己混亂思緒，振作起來完成一篇論文摘要，投稿給學術研討會。我的稿件論文獲得接受，即將於秋季學術研討會中發表。我以葛斯蒙教授建議的宗教文獻，花費三個月獨立研究，寫出一篇自己覺得滿意的文章。那時，女王是研討會我的發表場次的主持人，我們已將近一年沒有聯絡。研討會當日，身為主持人的她介紹該場次三位發表人時提及我。女王公開向所有在場聽眾輕巧笑言：

「柯曦答是我的指導學生，不過我都不知道她究竟在做些什麼題目。」語畢，全場觀眾大笑。但準備發表論文，站在講台，面對所有前來聆聽這場次的學者、學生們，我只能竭力扯開笑容，將苦澀情緒硬吞下肚，臉部肌肉剎時僵硬，才明白什麼是臉上青一陣白一陣。我不知道這樣算不算是公開羞辱？我不確定女王是否挖苦我，抑是我這個不知道在幹什麼的指導學生令她蒙羞？

但我的努力沒有白費，發表完後，我的研討會論文獲得許多學界老師的鼓勵。女王走過我身邊時，以鼻音吐氣「哼」了一聲，以英文丟下Well done，旋即離開會場。完全不確定那只是客套，還是我的文章真的不錯？

我花了三個月寫出這篇會議論文，同時將其投稿至國內頗負盛名學術期刊，然後在那個冬天將它擴大為博士論文的新題目。一個人往返住處與圖書館，一個人在房間裡對著寒窗寫作，一個人煩惱，一個人焦慮。既然老師表示我不能只做單一文獻，那我把葛斯蒙教授建議我閱讀的那些建構脈絡的議題文獻都拉進來，以淚水、悲傷與痛悔情感為新的主題，重新改寫博士論文綱要計畫書，並且在寒假前寄給女王。

淚水、悲傷與痛悔是章節主要議題，但也是我在博士班最後一哩路的心情篇章，是內心世界的投射。我的悲傷、痛悔與淚水全是為了祈求獲得掌握一切萬物「主」的赦免。那位主，是我的指導教授。

「我真的不知道你到底要做什麼論文題目欸？」

「你的這個論文草稿我無法接受。」

「你必須修改好再來見我。」

女王在學弟妹面前評論我將那篇讓她僅丟下Well done評語的研討會文章投

稿學術期刊，是「不自量力的行為」。我不明白老師總是迂迴蔓延的評語，不明白她對我的嚴苛，好似深陷迷宮之人循著一捆毛線頭想找到出口，奈何毛線球的線頭糾結著另一球更大的毛球。當我循線修正好一些篇幅，等待我的只是永遠推遲延展的回饋，修改永遠都必須被修改的論文，後現代式無窮無盡展延，散落千里高原土壤底盤根錯節的地下莖。

試想，新的一輪無限循環崩落荒謬巨石，想想薛西弗斯啊！

最後，博士班第九年，我的學業年限已滿，必須向學校提出特殊申請延長最後一年年限完成論文。我的申請書上必須簽上指導教授名字，表示同意。女王擺出十足氣勢，諭旨「我不想當你的橡皮圖章」。因為學校規定，未完成論文的學生必須一而再休學與復學。在我那張延長學業年限申請書上簽上指導教授大名，於女王而言是蓋橡皮圖章，既形式又瑣碎無意義，她不想簽。

「想到我這指導教授名字要和你的名字一塊放在論文上，實在丟臉。」

她認定我在申請書上說謊，寫了就連她這指導教授都不知道的事：「學生因論文尚在進行中，目前已完成草稿約三萬餘字，懇請學校同意讓學生展延一年期限，繼續完成博士論文。」「目前已完成草稿三萬字」是事實，我手頭所有草稿的字數總和。這句話對於女王而言是謊言，欺師滅祖。文字意義可以展延，怎麼忘了呢？於我，重點是「草稿」；於老師，重點是「已完成」。她勃然大怒，表示她沒有這般會說謊的學生。我不知道該說些什麼，不知道我的面部肌肉該如何擺放，以回應這般難堪。我是一個令指導教授丟臉的博士生。我就生硬地站在她研究室內的辦公桌前，不知該如何動作才不會讓自己更難堪。

僵持了好一會兒，女王終於不耐煩地簽好名字，附上簡單幾字說明，同意我的展延申請。「只是簽上名字罷了，我何苦不幫忙讓你再延長一年學籍呢？但我真的覺得你應當另請高明，更換指導教授。」女王的表情盡是嫌惡。

「另請高明」這四個字爆炸開來後，在我的腦裡無限循環播送！

我自碩士班開始就進了女王門下，從研究小學徒當起，十多年來都在這個狹窄的學門中跟著師父攻讀狹窄沒有太多學者研究的領域。博士第九年生涯結束，我只剩下最後硬是多出來的一年可以完成論文，但師父讓我另請高明。

我的腦袋嗡嗡作響，眼淚實在忍不住了。止不住淚水，站在女王辦公桌前哭了好一下子，眼前路彷彿就這麼崩塌。嗚咽中，被情勢逼急的我生硬擠出絕望的氣話：「老師，你這樣是要逼我去死嗎？」（唉，實在不該情緒用事！）

女王聽見這句話，氣得跳腳，勃然大怒中她打辦公室分機到系所辦公室，請系辦助理上來「見證」柯曦答說要去死。萬一發生什麼事，系辦會是證人，與她與關。

「你如果對我不滿，要告就去告啊！」

系辦助理小姐是位高情緒智商，溫暖的好人。安撫怒火中的女王後，助理小姐領我離開。她拍拍我的肩，表示系辦會盡力幫忙申請展延之事。她說，也許因為老師一時情緒，更換指導教授一事先別放在心上。助理小姐一向正面積極，但整個系所都明白，面對女王，誰也沒有辦法幫得上忙。我忘了那個午後自己如何回到家，但我沒有忘記因接連幾日淚水而氣力盡失，整個人澈底崩落解離的日子。我躺在床上，足足兩日，身體流失兩公斤重量。那是通往學術最後一哩路，眼淚與靈魂的總和。

或許，另請高明也許無妨？新的嘗試帶來的無限可能，至少強過失去對談空間的兩造說詞。若是當時我真的請系辦協助更換指導教授，是不是故事就會發展出截然不同的結局？是不是我的論文得以完成，獲得衷心期盼的博士學位？是不是也許依然沒有學術結果？沒有人知道所有的「也許」。只是，深陷困境之人如同溺水，稍微搆到一點機會便死抓不放。

無論指導教授說了什麼，自己的情緒都不應失控以對。話語即便傷人，當下若能試著跳脫情緒，以局外人之姿省視局面，便不會陷入斯德哥爾摩症候群般的窘境，還以為對方都是為了你好，一切都是自己不對。困境中，總是認為再沒有後路、沒有任何辦法了，總以為陷入絕境，看不見未來；但未來遠比我們單方面想像的還要富有彈性。可別忘了，人說上帝還打開另一扇窗。當初若能以宏觀視野，遠眺未來即將一點一點收穫的豐盛，那我絕不會將氣力浪費在情緒自我毀滅。如果遭遇恐怖溺水時，試著讓自己成為清透的水母，漂蕩水中，別硬碰硬要死拽著那根不怎麼可靠的浮木，事情也許就能有所轉機。

永遠都會有新的契機。另請高明也無妨。高明或許不須另請，我或許也可以是高明本人。有時，總總打擊只是為了讓出頭鳥無法再出頭。但未來，誰知道呢？

跨一步的契機

此時的我檢視彼時的自己，一定就是斯德哥爾摩症候群受害者。雖不是心理專家，但讀來的心理相關資訊列出的症狀根本全中。當時的我坐困愁城，卻不打算逃跑，還一心認為全都是自己不夠好，不夠認真努力，從未達成老師期待，才讓老師如此失望。全都是我的錯，羞愧無光，每次會晤，我都因委屈而哭。然而，局外之人全都明鏡般清清楚楚：「不是你的錯。」「你要不要乾脆換老師？」「要不要乾脆換校外教授指導？」

指導教授讓我另請高明這事無疑在我的小小世界中投下無比震撼彈。這圈子實在窄得可以，沒有老師願意接燙手山芋吧？我沒想過更換指導教授，亦不打算放棄，總覺得就是自己沒有好好努力，論文寫不好，沒有按照老師的指示做事。申請展延一年修業年限無非是為了更努力，盡一切力量完成博士論文。第九年已是一個博士生修業歷程的最終局，但我依然打算盡全力撐到第十局，在這局延長賽中力挽狂瀾。是的，我還是做了困獸之鬥。

「另請高明」事件兩周後，困獸如我得到一個試圖與女王求和、「跨一步」的契機：碩士班小學弟論文口試。

小學弟的口試委員恰巧是我們學門裡兩位熟識的教授，一位就是女王透露當初審核我的國外研究申請案的A教授，女王求學時期的學弟。屢次在學術場合與A教授碰面，他時常拋出幽默風趣的話來勉勵我。另一位委員亦是每見我總會給予溫暖鼓勵，像仙女一樣飄逸脫俗的B教授。其實，這兩位教授正是我們原來預定，我的博士論文綱要計畫口試委員會上的兩位校外委員。兩位教授都是我們這領域中的多年舊識。

剛好借力使力，兩位教授若見到我這位「令指導教授丟臉」的博士生時，應該會在女王面前勉勵鼓舞一番，且我還能和兩位教授們私下說說話，聊聊近況。這招果然奏效，「跨一步」計畫成功。即使女王見我出席旁聽小學弟口試，根本不想與我有任何眼神交換，遑論交談；可是在其他老師面前她不會再次將我砍得遍體鱗傷，也不至於說出逐出師門這種話。只是，在二位校外老師面前，女王對我的態度依舊冷淡，我進了辦公室就連賜坐也沒有。她還傲然地向兩位老師表示：「柯曦答進來這兒是沒機會坐在沙發上的，她都是站著呢。」

我假裝不在意，壓低頭頸肌肉，盡量不要讓視線對上任何人。我不明白為什麼曾經最敬愛的指導教授只要逮到機會便這樣挖苦人？此刻想來，世上總有些人熱愛揶揄挖苦他人之際，以高高在上之姿行使某種威風，藉以滿足權力慾。早該發現這樣的心理運作模式，別往心裡去。何苦長他人威風滅自己志氣？

那時，小學弟的碩士論文口試圓滿結束，順利通過取得學位。女王相偕A教授與B教授離開辦公室前，A教授小聲地跟我耳語「加油，你們老師對你有高度期望啊」。B教授也和我約好，有空聚一聚，順便聊論文。我沒忘記那個六月天裡，兩位校外教授的親切溫暖。再怎麼樣難受都得振作起來，撐完最後一哩路。

當晚，我見著社群軟體上，小學弟買來蛋糕與朋友慶祝通過碩士論文口試的發文，照片背景是女王辦公室。女王早已偕同兩位口試委員離開學校辦公室，但學弟出入教授辦公室宛若自宅般輕鬆。我無法不去思考這件事背後的雙重標準，沒有忘記女王從前訓斥我，那是老師的辦公室不是你們學生研究室。

「你拿著老師研究室鑰匙任意出入，別的老師見著了會怎麼想？」

女王多年前的教訓言猶在耳，這一切都不公平。但我能說得上嘴嗎？算了吧，小女子只求能順順利利畢業，這樣就好。從前女王棒喝我的字字句句，套用在其他學弟妹身上，也許完全不適用。師門訓誡總有雙套標準，學術要求也是。小學弟論文中讓A與B教授抓出來最重要的文獻回顧未做這件事，女王只在口試會場輕鬆地緩頰：「噢，那是我縱容他不必整理這一段。」噢，原來學術基本功也能縱容？雙重標準大概也只有威風之人才能行使的奇特特權。

只是，反觀過往，早些年，當我還是女王眼裡值得提攜的新起之秀之際，是否我在其他學弟妹眼裡也如此讓特權豢養呢？是否學弟妹或者自己同儕沒說出口：「為什麼你能如此？」是否，當時我亦仗著些小聰明自視甚高，以為有著老師作為靠山，就將驕傲、善妒、惱羞、散漫、貪心等七宗罪裡的前五罪全都犯了一輪？是不是學業表現優秀，待人處事就一定畫上等號呢？由小師弟事件，我細細檢視過往，猶如對照。才發現，一直以來我所在意的獲得與失去，居然全憑他人饋贈與撤收？

就這樣，宛若師門裡的小金孫學弟碩士論文口試結束了，而暑假也開始。獲得一年展延的博士班第十年開始之際，迫於暑假期間兼任講師薪水真空的經濟壓力，因緣際會接了一位新銳人氣作者新書，為其書籍配置插圖。暑假中，我以英國留學期間學到的版畫技能做了二十來幅畫，然後才收拾妥帖，開學以前，八月底起進入完全斷情絕欲的密集讀書趕稿周期。

新銳人氣作者新書出版時，我趁教師節抓緊時機送了一本書給女王，以短箋親筆寫下：「我能做出以古代文化議題為主題的插畫，全是因為老師教會我一切關於歷史學養，我很感激，謝謝老師。祝福老師教師節快樂。」

女王當著我的面，打開包裝，看見書，面無表情只說一句話：

「噢，收到一本書。」

「那裡頭的插畫是我做的。」

我小心翼翼且緊張地這麼說著時，女王連頭都沒抬起看我，只是「哼」了聲，接著表示我可以離開她的辦公室了。後來，博士學業最終期某次會晤，女王表示對她而言，這些東西一點意義也沒有。是吧？要是怎麼也無法讓對方滿意，便不應該搖尾乞憐，浪費精神氣力取悅討好。

經歷精神囚困、吞下種種惡毒評論，一絲生命懸於論文，而我卻還在寄盼老師的正面評價，還正向認為對方終有一日會看見我的努力，還相信老師種種的好。

「天啊，柯曦答，你太虐了吧?!」好友表示不可置信。是啊，我還以為自己是悲劇英雄呢。說到底，我不過是在等待一個永遠不會到來的信號，一切荒謬徒勞無功。那時的跨一步計畫根本徹底失敗。我該跨的那一步，那一大步應該是跨出自己的僵局，看見僵局之外的寬廣天地，而非一而再地等待老師的正面評價與特權餽贈。

「你不過就是井底之蛙。」女王有次如此訓斥。

井底之蛙、困獸之鬥，邏輯道理似乎相去不遠。

但我現在明白了，我該跨越的一大步無非要跨出自己的假象幻影。老師所有拋出的正面或負面評價，這些都不能定義自己如何看待自己的努力與價值。我無須為了那個虛無肯定而討好。若真的盡了全力，卻無法符合僵硬體制、無常人事，那麼，就離開僵局吧。至少，能正視自己真實的樣貌，真正的能力與侷限，這是無比珍貴的時刻，不是嗎？

1—7

到此為止

「你只可到這裡，不可越過；你狂傲的浪要到此止住。」（Hitherto shalt thou come, but no further）博士學業最後這一哩路，總記起參考文獻裡讀來的聖經《約伯記》第三十八章十一節，聖諭像為我的學術能力畫下界線，就差那一點點即可抵達彼岸，就那麼一點啊！

「很抱歉，你的能力就只能到這裡了。」女王便是如此下聖諭。

作為一位學術威望深遠的大教授，由制高點往下望，女王的確有權斷言哪位學生能力足夠或者只能到這裡。然而評論必須客觀公正不受情緒影響，且須經由第三方公信人士檢驗標準。可惜的是，只要是體制總有漏洞，只要是獨斷決定總有不公。當時我沒有要求第三方公信人士（像是有名無實的博士論文委員會）檢驗自己能力，或者求助系所，尋求更高一層單位協助受困瓶頸中的學生。我始終沒有向外求援為自己發聲，只是一味認為自己可以整理好文獻思緒、寫好論文、通過老師要求。我將自己推入絕境，博士班十年一切到此為止。

當時唯一向學校要求的只有展延學籍。學校通過我的延長學業申請，最後多出來的那一年，博士班第十年，我不是在趕稿，就是走在通往圖書館趕稿的途中。搶在開學前申請圖書館裡一間獨立研究小間，將大量需要的參考書目堆疊其中。那段日子，往往兼課大學授課完畢後，便草率在學校食堂囫圇吞下晚飯。之後回到圖書館一直工作至閉館，再循著漆黑的小徑回到停車場，扛著小堆書回家繼續工作。那些日子，晦暗無光，絲毫沒有生活品質可言。非常努力總算完成修改那份不知已改幾回的博士論文綱要計畫書，自認這份計畫書已經夠詳細，便接著修改第一章初稿，趕在一年一度國際研討會到來的前一周，將努力兩個多月的成果寄給女王。

稿件寄出的同時，女王正邀請一位國外教授到她的大學部課程發表學術演講。我收到系辦寄給整個系所學生的演講通知，才知道這件事。我的指導教授邀請自己研究領域的大學者來演講，但我這個指導學生卻一無所悉。諷刺地，演講通知郵件附上的演講大綱小海報，居然是從前我這研究助理親手設計，不知使用過多少回的演講海報大綱模板。我出席了這場學術演講，打算趁演講結束後的空檔，前去與女王請安問好，告訴老師我已完成的論文進度。只是，女王見我如敝屣，甚至當我舉手發言向大學者提問請益時，她的表情透露一副不知該如何提及我的名字、惱怒尷尬的樣子。最後結果當然換來一頓當眾的酸言酸語。女王斜著眼，嫌惡地說：「出乎意外，我沒有預期今天居然會看到你耶，你現在還在寫博士綱要計畫書做什麼？」

我心想：還不是因為您一直不認可這份綱要，無法同意我申請綱要口試，取得校外委員審定，或而有幸能讓我獲得博士候選人資格？所以我必須反覆修改，盡全力讓您認可這份文件，鼓起勇氣來見您，讓您還記得有這個博士生。

沒多久，先前投稿二級重要學術期刊的那篇被女王批評為「不自量力」的論文，獲得修正後被接受的結果，這無疑是非常令人振奮的好消息！我終於獲得來自外校審查教授的認可，要在其他學校恐怕都能被上傳至系所網頁公告慶賀了。推斷獨自摸索的研究方向應該是正確的，我再度打起精神重新修正被詛咒的博士論文綱要計畫書跟第一章。即便改了多少次，都還是得到一樣的批判：「你寫那什麼東西，亂七八糟，修改完再給我，我才會見你。」「寒假結束後把這兩份修正稿給我，我才能評估要不要讓你考論文綱要口試，讓你通過博士候選人資格。」

如果這不是無限循環鬼打牆，那什麼才是？我開始懷疑像這樣無限往後推移的時間，事實上便是老師不再願意指導的推遲。只是，我還是盡最後努力奮力一搏，還在做困獸之鬥，沒有向更高學術單位求援。

整個農曆新年我只回家五天，隨即返校坐回書桌前，與成堆的參考文獻為伍。二月開始，寒假結束。因為新冠肺炎疫情，所有事物突然間都停擺了，但外在世界彷彿與我無關。我還是一個人和意外救援來的幼貓關在房間裡修改論文。我花了好多力氣，終於在三月初又寄出一次兩個章節的修正稿。不意外，女王回信依然寫道：「你要改好讓我看過，我給了綠燈，你才能提申請資格口試。」

這次信件中女王給了退稿理由：引證不夠多、不具代表性、文章結構鬆散、看不見方法論。女王提筆批閱後，我的每一句話都是錯誤，每個動詞都是誤用，句子與句子間夾帶許多問號，文獻回顧被認定寫得籠統（因此被刪掉），結論（寫這什麼結論，問號？）。歷史背景脈絡，情緒意象流變字源學被刪掉。

我打起精神在連假期間，仔仔細細地改。修畢寄出後，女王回信給了看似正面的評價：「這份修正稿遠比之前所有的稿子都好，Well done。」我以為論文龍胎穩了，我能夠拾回滿滿動力與熱情，繼續完成那個寫了一半的第二章。結果這份被自己誤認為 Well done 的博士論文摘要從二十頁被刪了更多，結論蹩腳，文法糟糕。

不行不行不行，不通不通不通。

「我不知道你要表達什麼？」

「你寫這個大家都知道的事做什麼？」

「花時間做這個索引表列做什麼？這些有讀書的人都會做！」

「你已經讀了很多書，然後呢？你就是寫不出一個結果。」

「對！我讀的書沒有你多，這樣可以了吧？」

「時間不站在你這邊，你這樣是要怎麼提候選人資格口試？」

「兩位校外委員在這個疫情時刻也不一定願意幫你。」

好，謝謝老師指正，我會再修改。當時的我不曾發現老師的建議與刪除自相矛盾。引證不夠多、不具代表性的話，那麼您能明確指導我哪些才是有力的引證嗎？

後來，我在春假最新一次修稿中所有寫出重要的脈絡全都被拿掉，到最後僅剩下十三頁。那長達五十頁的第一章也只被改了零星數頁，她說改不下去了：「閱讀你的論文實在很痛苦。」我看著被砍得鮮血淋漓，又被肢解澈底的文章，覺得他們實在四不像，像是東拼西湊而來蹩腳碩士生寫的東西。我哭了好久，十分不甘心所有的成果硬生生被拿掉。即便老師表示之後還是可以再加回來，但是，這些硬從前後文中挖出的段落，我不知道放回到之後的新段落會長成什麼格格不入的樣貌。我邊哭著邊根據老師的評語再次修改好，寄出給她。然後，給自己做了一頓生日晚餐。隔日周二，即是最後一次論文會晤，我的博士學業永永遠遠地結束。

實在好傻。早知道，當初就不應該存在任何希望，還奢求自己的文章能獲得老師認可。當初就該設下停損點。但我沒有，我還是努力將這份新添加篇章，新的博士論文綱要修正好。我添入新的文獻，閱讀最新的期刊評論，用已所剩無幾的積蓄，跨海訂購最新的學術文獻。

但我已經好累，好累了。我再也不想做任何修改。每回會晤就是刷新眼界，學習一種「你就爛」的新修辭。今日我終於頓悟了，也許老師眼裡，我的能力只到這裡，但那又如何？能以自己喜歡的方式汲取知識，在有限能力中開創自己的立足點。這不就是教育的意義嗎？

我已經非常努力在幾乎沒有建設性意見的學術茫茫大海裡搜尋燈塔，站在巨人的肩膀，想辦法站穩一點，站得高一點。我一遍遍修著自己的文章，整理學術文獻，讀著老師不曾涉略的文本，就像一個黑暗中尋著一點星光自己指導自己往前走去的迷途之人。但耐力終有一日會被磨蝕殆盡，推上山峰的巨石終究不斷地崩塌，我早無暇顧及薛西弗斯是否快樂嗎？我只想畢業，但決定權不在我。

那周，媽媽撥了電話給我，問著最後一次會晤順利與否？語無二句，我便嚎啕大哭，無法言語。隔日媽媽撥電話到系辦，也撥了電話給老師關心我的情況。據轉述，女王向媽媽說：「你們家柯曦答真的很優秀，遠比我讀了很多東西，但是論文就是寫不出來，我也急，但我不能幫她寫論文。」「其實就算沒有拿到學位，拿一個博士候選人也很好。」「你看，這十年間，她妹妹從戀愛到結婚，現在孩子都兩個了，可是你家那寶貝大女兒的論文到現在還寫不出來。」

媽媽轉述時，輕描淡寫，像是怕傷害我。但我知道，自己已經被設定了一個位置，就只能到此為止了。什麼叫做論文寫不出來？難道我所有稿件都不算數？媽媽好聲好氣試著鼓勵我，讓我打起精神按照老師的方式再試一次吧。真的再也沒法修改，全身氣力盡失，聽見「再繼續寫吧」，氣憤之餘我大吼：「我再也不想繼續寫了！」然後將手機砸向房間另一頭，臉埋進羽毛枕中，無法遏止不甘心的怒意，我將雙手握成拳頭，一拳一拳揍著枕頭。幸虧手機保護殼實在太強悍，感謝手機盾殼保住嬌貴脆弱的手機，脆弱的我。那一刻，我將所有不甘用盡力氣吼了出來，去你的博士學位，我不讀了！

於是，我再也不回女王的來信，也不願再見到她了。

那日，我將一整疊至今所有寫過但屢次退稿的每一版本稿子全堆在書桌上，高達四十六公分。每一頁都是心裡的一道傷口。並非我不夠好，我只是不能長成我的指導教授期待的模樣。每一次的會晤都是創傷，每一步我所做的努力都被輕視，只因不夠努力。我被定錨即便拿到博士學位也會被國際名校畢業博士瞧不起。那麼，好吧，我決定不寫了，決定到此為止。就放棄博士學位吧！

我終於明白，女王其實無法指導我正在做的研究，畢竟泰半冷僻文獻她都沒有讀過。倘若沒有讀過我所引證的文獻例證，那老師怎能證明我所引證的資料證據不足，或是資料不具代表性？倘若我的研究方法有問題，指導教授不是應該指導我一個清晰明朗的道路，帶領徒弟筆直走去嗎？

滿腔不甘心、怒意、多年沮喪的複雜情緒在最後一刻得到釋放，當我將手機朝房間另一頭牆壁擲出時，當下心中剎時頓悟。頓悟的時刻無可言喻，卻是情緒累積至極時。最後一根稻草引燃火種，卻壓不垮駱駝。才發現，這些年來那一來一往皆是惡意。我不能拽著那些苛刻的話語來折磨自己，決定放下十年累積的學術成果。到此為止。至少，我還保有自己，腦袋裡的知識誰也不能奪走。

四月天裡，我下定決心離開學術圈，頭也不回地與博士學位訣別。看似艱難且痛苦的決定，其實全憑一念之間。四月是最殘酷的季節，一念之間，我領著既混亂又清晰的思緒，朝著未知的將來而去。

輯二／

知生活

2—1

Be Smart 學聰明一點

求學過程，我的目標一直十分明確。自幼因喜愛歷史，熱愛學習外語，大學時期奠定文學、歷史與文化領域深厚熱情，後以此為志。雖同時修畢教育學程到國小擔任實習教師，卻在這段期間持續準備報考研究所碩士班，一心一意欲鑽研人文學門裡更深廣知識。我放棄了國小教師資格，放棄父母認為相較平穩的職涯選擇。若時間能倒轉回到還在國小擔任實習教師，抉擇究竟要報考研究所還是考教師甄試那個人生分水嶺，我是不是不再義無反顧一味往象牙塔裡鑽呢？但無論任何職涯選擇，招子放亮，學聰明點準沒錯。碩士班至博士班期間，指導教授女王總這麼提醒著：Be smart。

報考碩士班的備審資料研究計畫書，原定探究二十世紀初兩戰期間文史脈絡，不料一進入碩士班，甫修人生第一堂研究所課程，小小心靈大為撼動，自此踏入未曾碰觸的神祕古代文史哲世界。那堂課，授課教授便是女王。當時學術年紀堪稱嬰孩，尚未耳聞女王為該領域數一數二專家。但僅第一堂課，我與同班同學們旋即體驗了思想學養上的啟蒙時刻。

研究所生涯第一堂課，課程開始前，研討室已坐滿二十來位不同年級研究生，塞滿了橢圓狀長型會議桌。滿堂在我們學門研究所實屬罕見，通常一門人文領域研究所課程頂多六至十人。爾後，兩位學長姐一前一後手捧大疊原文書進入研討室，堆在講桌前。學長熟練地操作電腦、投影機、上課簡報，而學姐則準備著講義、點名單等庶務。完畢後，兩人與教室內的其他學長姐熟稔熱切交談著。當時，學術年紀尚幼如我，暗暗對於學長姐擔任課堂助教的風采崇拜不已，儼然就是武俠電影中的大師兄與大師姐，亦驚訝教授尚未登堂授課即有如此陣仗，研究所還真是不簡單。

上課鐘響後的五分鐘，研討室外一陣沉緩高跟鞋聲。隨著答答聲響越來越近，未見其人我們卻都能感受到一股奇異的強大氣場，這樣的氣勢好似有些明星麗質天生自帶鎂光燈般光彩奪目。重點是進門時，教授臉上居然掛著一副名媛樣式大鏡框太陽眼鏡。那是我第一次見到傳說中的女王殿下，活脫脫是雍容華貴四個字的完美體現。當時女王教授約莫四十餘歲，長卷髮以古代人才會使用的髮簪紮了個鬆鬆的髮髻，雙邊耳垂掛了一對風鈴般大墜。令人印象最深刻的莫過於教授摘下太陽眼鏡後的那雙犀利眼神，與藏著劍氣的眉宇相稱。

簡短和兩位學長姐助教確認課程準備是否妥帖，老師朝著整班圍滿橢圓形長桌的研究生們點點頭，微笑歡迎著選修這門導讀課的所有新舊研究生們。踩著高跟鞋的女王老師旋即神采奕奕站到講台中央，便開始全程流利使用帶著些許英國口音的英文授課，且眉飛色舞地一講就是一個半小時，絲毫沒有一點疲態。才第一堂課，女王已深入簡出清晰講解完長達一千年錯綜複雜的古代文史哲脈絡，以及海內外學者們近年研究議題，讓忙不迭抄寫筆記的我完全折服她的豐富學問。

為了期末口頭報告與論文，我和好同學嚕媽預約與女王進行研究會晤，針對自己負責報告的議題列出疑惑請教老師。這是我們第一次與教授會晤面談，嚕媽和我二人非常緊張。我們帶著原文書和筆記，在約定時間敲門進入老師研究室。我發誓，這是我見過最令人嘆為觀止的教授研究室！放眼望去，除了面西的大扇落地窗外，三面牆盡是滿滿書籍文獻，牆面剩餘空間掛有大幅書法字畫。研究室正中央偌大辦公桌下，鋪了張波斯大地毯，而遠眺校園大草坪的落地窗旁是會客沙發區，小茶几擺放一盆小型枯山水。整間研究室擺設與木質色系相襯之下讓這空間古意盎然，深具人文氣息，與經驗中見過的大學教授工作空間完全不同。

由群書環繞的女王教授宛如散發萬丈光芒地坐在辦公桌前。眼見這般氣勢，我不禁一陣暈眩雙腿發軟，手都在顫抖。「你們要喝茶嗎？」女王親切地問著。我和同學嚕媽緊張之餘，卻因這個招呼而放鬆不少。女王讓我們坐在辦公桌前位置，端出傳統茶具沏了一壺鐵觀音，並且親自為我們倒茶，而後才開始正式會談課業。老師談笑風生間竟能將複雜議題解釋得如此清晰易懂。我時常想，當時定是這杯鐵觀音收買了年幼的我，內心暗暗萌發念頭欲找女王擔任碩士論文指導教授。這過往小插曲讓此刻的我體悟更重要的小事：比起令人折服的聰明，友善體貼的溫暖有時更令人埋單。

當時，因折服老師豐厚學養，我在課堂上非常認真，努力閱讀吸收大量國外文獻。為了期末報告論文欲探討關於古代文獻裡女性情緒研究議題，我時常請教當時擔任教學助教的那位「大師兄」學長如何寫好一份期末報告論文。大師兄毫不吝嗇地傳授給我他自己的參考書目。期末報告論文中，我亦參考引用女王曾發表過的一篇期刊論文。上學期結束後，選修這門課的全班同學再次聚集在老師研究室，拿回老師批閱的期末報告回饋。我的那一份，老師以紅筆密密麻麻挑出各項不足，卻寫下正面評語「對於議題具有細膩觀察力，這是一份整理透澈的研究報告」。報告最後一頁，小小的紅字分數標示九十二分，全班二十多人包括一同修課的學長姐之中，這是最高分，與另一位優秀的學姐齊分。這分數讓還是碩一新生的我又驚又喜。

碩士班一年級下學期，女王擔任我們這屆新生班導師，同時也開了一門研究所新生研究入門必修課。課堂裡，新生加上一位博士班學長，僅七人。當時，我們班所有人還尚未真正見識研究所階段折磨研究生心志與睡眠的厲害之處，就連上學期另外兩門外籍教授的必修與選修課都堪稱輕輕鬆鬆。直到女王的這堂專題研究入門必修課，班上同學有人因壓力而淚灑課堂，有人因此萌生休學念頭。這門課，老師要我們根據課程大綱閱讀進度，每周輪流口頭報告兩千年歷史上重要哲學家及其理論，並且製作一份講綱分發給課堂上所有人。終於開始每周報告之後，才是令人頭皮發麻之處。根據我們的報告內容，女王必定提問當周負責口頭報告之人。由於報告內容關於特定歷史裡的哲學思想，而生嫩的研一新生難免無法參透理論困難之處，因此常疏漏了重要概念。同班同學大仙，是本班第一位報告者，負責古希臘哲人亞里斯多德《詩學》理論。當大仙同學緊張地完成第一次報告後，戴著老花眼鏡的女王緊盯著她，問話語氣又緩又沉，形成巨大壓迫感。

「你是這周導讀者，為什麼亞里斯多德談論悲劇的六個重要元素沒有出現在你的報告裡？你難道不知道這就是整部作品裡最重要的核心嗎？」語畢，女王以鼻息悶哼了一口長氣，沉默好一陣子。那個時刻，老師背後似乎有股強大能量，強勢到令人坐立不安，那聲拉長的鼻息「哼」像是不以為然，或者莫可奈何。

「那你現在能告訴我這六個元素為何嗎？」語氣咄咄，老師繼續質問大仙同學。大仙愣住了，無法回答老師的問題，課堂氛圍有些凝重尷尬，大家同時擔心自己會是下一個被點到回答的人。而這個問題的答案呢？亞里斯多德在文本裡以迂迴方式呈現，並舉列我們不熟悉的希臘悲劇當為例證，讓「劇情、角色、議題、言辭、音律、展演」等六項元素難以輕易辨識。我是在長達十頁密密麻麻文本導讀中讀到這個重要概念，因此當下知道老師問題的正確答案，卻也捏一把冷汗，深怕自己其實誤讀。

原本就有舞台恐懼症，上台報告時常緊張到胃抽搐的大仙同學，因回答不出女王的提問且對自己沒有做好報告感到羞愧，在老師眼神注視下淚灑課堂。女王言辭凌厲指正完大仙的報告缺失之後，斂起犀利眉眼繼續講課，帶領大家細讀文本中那六個希臘悲劇元素所在段落。老師事實上只是就事論事，並非針對個人；但是研究所同儕競爭，大家都好強，沒人想在其他人面前丟臉。這次之後，上課的同學們更加戰戰兢兢準備自己負責的哲學理論，深怕自己會是下一位讓老師鋒利批判報告有缺失之人。每周我們會空出一天舉辦讀書會，彼此交換筆記以釐清理論重點，思考應對老師任何可能的嚴苛提問。

大學部時期，大多時間，我們都是等著被老師餵養填充知識，而非知識生產者。人文學門研究所則訓練我們學習如何構思抽象議題、尋找佐證、搜集資料、整理參考書目、閱讀並評論大量學術論文，最後使用正確格式撰寫出一篇論文。在課堂上我們必須根據探究的文本文獻，提供批判思辨與立即回饋。這也是大學部時期與研究所時期訓練中最大的不同。早年，女王身上展露出研究所層級教授該有的學者風範，這讓我學習到一位教師如何循循善誘，引導研究生抽象思考一個議題的多重複雜面向。

女王老提醒著「Be smart」，並非我們不夠聰明，而是要能識時務，對的時間主動做正確的事，無須他人提醒，亦能完成任務。亞理斯多德《詩學》裡提及的古典悲劇六元素「劇情、角色、議題、言辭、音律、展演」我不曾忘記。也許這六項元素更能置入兩千多年後的現今，成為聰明地做人處事圭臬。無論身處任何場域做何種工作（劇情），擔綱任何角色職務，一言一行都該識時務，恪守本分，以絕妙韻律展演出該職務最出色的表現，Be smart！

2—2 要聽老人言

進入研究生生活中，尋找教授指導論文這件事才是所有研究生的入門必修課。研究生的終生大事可不能兒戲。前人建議是非常重要的情報，絕對不要鐵齒，認為自己能克服萬難成為天選之人。聽聽江湖傳聞老人言（也就是學長姐之間經驗傳承），多方打聽，客觀分析辯證優於個人情緒主觀意見，這便是尋求一位合適師長指導自己的不二法門。曾經，一位敬重的師長告訴我：「好的指導教授並非一定是一位最厲害頂尖的老師。但好的老師絕對要是個溫暖和善的老師。」

研究生尋找一位合適的老師擔任論文指導教授好比拜師學藝。如同古代武俠小說裡的師徒制，想入門拜師學藝可不是那麼容易，小學徒必須展現個人特質，而且還要通過師父重重考驗，方能入門。特別是獨門獨派，儼然是武林中的一股清流的那種師父規矩更多，考驗更是刁難。套用現代人的語句，這種師父就是「龜毛不好惹」，尤其當所有的江湖傳聞都明明白白地告訴菜鳥們：「快逃啊！」

碩士班入學始業式之後的新生歡迎會上，學長姐細心交付我們這群新生關於所裡所有教授的教學喜好，傳承研究生拜師攻略情報。哪位教授是受歡迎者？哪位教授龜毛不好惹？哪位從不收任何論文指導研究生？哪位教授門下的研究生寫論文必須寫滿三年至四年才能畢業？欲回答這些問題，最好的證明便是指導學生人數。首先，受歡迎的教授研究著受歡迎的當紅議題，自然而然指導學生數量一定桃李滿門，這是再正當不過的事。但受歡迎的指導教授很可能因為收了太多學生，無法一一兼顧。這款指導教授師父門下可能有幾種情況：

（一）指導學生自己夠勤奮夠積極，很快能完成論文，兩年至三年畢業。

（二）指導學生資質普通，完成還可以接受的論文，趕在修業年限屆滿前，四年畢業。

（三）指導學生斷斷續續寫論文，許久才浮出水面一次與教授約論文會晤，休學又復學，最後教授勉以答應論文口試，五年或者六年畢業。

（四）指導學生論文寫著寫著就消失了，指導教授甚至忘記有其人，可能就此轉換人生跑道，休學。

「女王?!她很少答應收學生耶。」

「要當女王指導的研究生本身必須非常優秀喔。」

「女王很刁耶，而且我覺得她有時候顯得喜怒無常。」

「女王是那種頂尖聰明型教授，想找她指導必須要有心理準備。」

一直以來流傳於學長姐之間的情報告訴我們這群碩一菜鳥：女王的課程是重課中的重課，學期分數普遍落在八十分左右（研究所不及格分數是七十分），若能在她的課得到八十五以上分數，即代表你是一位認真卓越的學生。根據學長姐們情報，要找女王擔任教授，小學徒本身必須夠積極勤奮，而且還得設法爭取幫「老師做事」的機會，意即擔任教學助理（TA）或者計畫研究助理（RA）。即使如此，門下指導學生還是通常花上三至四年時間才能完成碩士論文。難怪，即便女王選修課人數接近滿堂，但她並非被學長姐們歸類是一位受歡迎的論文指導教授。相較之下，研究所其他從事熱門現代理論研究的教授門下時常收了六至十位碩士生；最熱門的教授門下還可高達十五位左右學生。

當時，女王收進門下的指導學生只有三人。根據圖書館博碩士論文資訊系統裡的資料，在這之前也僅一位跨校指導的學姐順利畢業，而這已經是多年以前之事。但聽完江湖傳言後，我還是鐵齒至極地想拜師入門，因此自詡為小師妹，私下玩笑稱呼女王門下的三位指導學長姐為大師兄、大師姐和二師姐。根據觀察，師兄姐們無論在課業表現或者做事能力，表現真的非常厲害，他們各自擔任TA跟RA。當時只有二師姐沒有接任老師指派的助理工作，能夠全心全意撰寫碩士論文。有時，一位教授若另參與其他學術活動，其門下助理也必須協助。人文領域擔任助理的工讀金極少，但能擔任助理這件事本身意義遠比工讀金還更重要，那是一種準徒弟的跡象。想讓教授收你為徒的前提，除了課業表現外，便是必須展現積極參與研討會等學術活動，以及優良的工作態度。

不顧學長姐警告，已暗暗決定想找女王擔任指導教授的我在一年級下學期跟隨大師兄葛福瑞和大師姐秀娥參加人生中的第一次學術研討會，協助當時另擔任研究學會助理的二位處理庶務。說是要幫忙，其實我只是去開眼界，認識學術活動如何運作。才剛進研究所碩士班第一年，我什麼都不懂，誰也不認識。但是站在活動攤位前的大師姐卻能輕易辨識所有與會學者，熟稔地一一與教授們打招呼，這讓我驚訝不已。

「哇，學姐，你怎麼每一位教授都認識呢？」

「這沒什麼啦，學會也就這些老師，待久就知道了。」當時碩三的大師姐這麼說。

只是，當女王出現在研討會活動攤位前的那一刻，原本自信招呼著與會學者們的大師姐突然斂起輕鬆，剎時嚴肅了起來。女王一如往常氣勢如虹，簡短幾字問候大師姐，雖面帶微笑但語氣卻略顯冷淡且帶著一絲難以察覺的挑釁。

「嗨，秀娥，真高興見到你啊。」語畢，女王沒再多看大師姐一眼，轉頭與一旁的大師兄和我親切招呼：「怎麼樣？一早學會這些庶務都還好吧？哎呀，曦答，你也來啦？好，老師很高興。歡迎加入我們學會，有了你們這些生力軍多好！」

當時，我不明白為什麼老師的出現會讓大師姐如此緊張，也不懂老師招呼大師姐與大師兄和我之間出現細微的態度落差，倒是很開心老師能看見我這麼一個碩一小學徒也在研討會現場幫忙，希望這樣能夠讓老師注意到，好收我為徒。

女王離開學會攤位，走到會場另一頭和與會教授、國外學者們熱切交談著。這時大師姐緊張兮兮的神情才放鬆許多。大師姐秀娥模仿女王語氣，挑眉抬起下巴，以鼻腔悶哼著氣重演方才上映的那一幕，「居然跟我說『真高興見到你』，她會高興才奇怪。」那時候，我隱約明白大師姐與老師之間可能有些嫌隙。研討會空檔，我約略和大師姐透露想找老師擔任指導教授一事。大師姐說了很多話「警告」我，大多是不好聽，語帶恐嚇的警語。

「你要好好考慮喔，因為老師性情喜怒無常，說翻臉就翻臉」、「老師不隨便收學生喔，通常她會先觀察你適不適合」、「你若是簽給她指導就等於簽下賣身契，必須做牛做馬到死喔，而且還會被巴頭」、「老師似乎比較寵男學生。男生犯錯好像比較不會挨罵，哪像我常被罵到臭頭」、「幫老師做事很辛苦喔，有時還會在晚間十一、二點接到老師電話指示做事，回信給學者之類的」……

大師姐與大師兄都是碩士班三年級，理當進入趕論文階段，但是他們一周有一至兩個整天是關在老師研究室處理老師交辦的教學研究工作，研究計畫忙碌時期甚至必須天天進老師研究室完成工作。大師姐因為非常焦慮論文進度，想向女王辭去老師的研究助理以及學會助理兩項兼職工作，搬回家鄉專心完成碩士論文，如此一來，她便不須因為老師一個指令而火速趕回研究室待命。但老師似乎不肯放人，並且不以為然表示：「秀娥以為搬回家就能順利完成論文嗎？搬回家之後雜事只怕更多，她怎麼可能專心?!」

雖然大師兄也要我好好考慮指導教授一事，但是大師兄為人忠厚，話都十分中肯。他只說：「找女王指導就會像我們這樣，必須花許多時間幫老師做很多事，所以都沒有自己的時間寫論文，而且老師還會怪罪是你自己沒能把握時間。但是老師在這領域的確是數一數二專家，你會學到很多東西，也能了解我們這領域學會的運作，這大概是系上其他老師不會傳授的事。」才碩一的我對於這些事仍一知半解，老師真的這樣恐怖嗎？鐵齒如我想著還是多多觀察，必須親自見證才會知道到底女王是否真如學長姐所言。

大師姐最終還是強硬地離開研究室，搬回家鄉後幾近失聯。於此，女王十分不滿，只要提到秀娥師姐就是一陣長嘆。而大師兄在邁入碩士班第四年開學前，將擔任多年的教學助理TA工作交棒給我，自己亦閉關寫論文去了。不知是為了「抓交替」之便，還是讓我安心？大師兄離開前，逗趣地說：「你的工作就只要陪老師聊天即可。」為人厚道圓融的大師兄每周還是會找一個下午進研究室處理學會助理工作，這與毅然決然辭去工作的大師姐不同，難怪老師對待大師兄與大師姐的態度也不同。

那時，我十分佩服女王授課時總能針對議題就事論事的嚴謹態度，任何理論都能講解得頭頭是道。她就如同《哈利波特》電影中的麥教授，散發銳利卻優雅迷人的學術神采。老師講課時常精妙地旁徵博引各家學說理論，導引學生們天馬行空思考，也因此每次上完課後，女王依然神采奕奕，我們的大腦卻像跑完一場馬拉松，早已疲累不已。無須談論學術專業的導生聚會，女王老師有時談論生命哲理、德行修養，或者只是與我們天南地北話家常；女王語氣顯露真切關懷，完全沒有應付交差研究所導師這項行政工作的樣子。大學老師通常與學生之間關係疏遠，除了專業領域知識外，難以得知教授「學人」而非「學者」的一面。但是女王老師似乎不同於其他教授，更接近於《禮記》中描述的「人師」。

當時我真的這麼相信。

因為喜愛引導式教學法下激盪出無限知性火花，敬佩老師的博學以及身為人師所散發的德行正道之姿，我下定決心找女王擔任指導教授。我眼裡的唯一指導教授人選頂尖博學且和善溫暖；但我看不見更多跡象顯示潛在隱憂以及態度落差；大好或者大壞，受寵或者失寵，全在一夕之間。

我學到了寶貴經驗是：江湖傳言故事不會只有單一版本，故事也不能去脈絡化。不聽老人言，不至於吃虧在眼前。但總有那麼一日，必須親身驗證傳言真偽，之後才能定奪大好與大壞。

2—3 拜師學藝須先由灑掃挑水學起

終於，碩士班第二年開始，我以準小師妹之姿「進宮」成為女王宮廷見習小宮女。同時，長我一屆一位碩三學姐康絲坦早先一步詢問女王教授是否願意收其入門指導，順利成為三師姐。康絲坦學姐是一位非常會善用資源的學生，重點是，她是因為女王的研究方向才考進這間國立大學研究所，早就訂立志向。女王讓三師姐接替大師姐留下的研究工作，而我則負責擔任系辦指派給老師的教學助理工作。

老師說：「想想古時候的學徒呀，拜師學藝都必須從灑掃挑水學起。」就這樣，教學助理工作之始是幫研究室門口盆栽澆水、提大水壺到茶水間裝水、打掃研究室、擦拭書櫃，以及影印論文講義等生活技能。隨著教學助理等級慢慢升級，才能進階到報帳、跟課，甚至能帶學生討論等職責。那時一開始，我也得幫老師跑腿送文件、跑郵局，偶爾買便當，全是最初階的工讀生任務。可別小看了這些生活雜事，親眼見過有些研究生，讀到碩士班卻連抹布都不知如何擰乾，不知如何燒開水呢！

老師說：「做人、做事、做學問，道理都是相同的。」她總是要我嚴謹完成每一項任務。事無分大小，不馬虎，不得過且過。那些年，這樣的原則讓老是粗心大意的我吃了不少苦頭，但卻是最有用的人生課程。即便至今，我依然謹記於心。

碩士班第二年開學前一周，女王要我開始幫忙準備上課用講義。從書堆中挑出文章，然後到系辦公室使用影印機翻印文章何難之有？但，這就是問題所在了，大師兄閉關前就已告誡我：「萬萬不可印出邊框黑壓壓的空白頁！」一開始我並未留意，火速印好一個章節計二十多頁內容，開心地回到老師研究室交差，怎知當場被退貨。

「怎麼印成這樣呢？這樣很浪費碳粉。我不要這種有黑碳粉邊框的文章，再去重印一份。」終於見識到女王嚴謹處事風格落實在影印這般微小瑣事上。天啊，我從來不知印講義是門學問。在系辦助理的提點後，才知道要避免黑色碳粉沾染空白頁面，首先得調整放大欲印頁面比例，再以白紙遮住邊框兩旁空白處。熟能生巧前，為了不浪費碳粉，卻大約浪費了一顆小小樹的紙張分量反覆試印。最後用掉大半教授影印卡紙張配額，才順利印出完美的論文講義。第一天印好三份論文，約一百頁，耗盡將近兩小時困在系辦影印機前，眼睛暴露在強光下，疲憊極了。學校規定教學助理一周工作三小時，而我整個工作時段全耗在影印機前，小心翼翼印出能讓女王接受的講義，差點崩潰。結果，開學前一周，教學助理工讀居然像一個上班族般，五點半才能下班，然後拖著疲累雙腿，還得騎著腳踏車爬越一段上坡路回宿舍。

也許，要求教學助理完成澆花提水影印等瑣事，某種程度而言是訓練小學徒如何服從指令，以服膺學術殿堂裡的權威。那時我未曾質疑職責正當性，總之老師說什麼我都乖乖照辦便是了。除了替老師打雜，甫成為教學助理的我鮮少協助老師大學部課程教學庶務。不高興？大可不必擔任此職。只是這麼一來便少了一份一個月兩千元的工讀金，也極有可能失去被收入門下指導的機會。有些內規，只能照辦，不可言說。既然自己選擇了這條路，也不由得抱怨說嘴。電視劇宮廷戲中常言道：「宮裡有宮裡的規矩。」

大半的教學助理多是這樣學習如何助理教學的吧？要能成為獨當一面的學者，必須先學習如何當一位學人。而該如何成為一位學人，則往往都是從不為人知的小學徒時期開始磨練基本功。教學助理究竟為何必須負責澆花、提水、影印、跑腿、買便當？因為「做人、做事、做學問，行事態度都是一樣的，必須一絲不苟，反覆再三確認方可繳出成果」。我永遠沒忘記女王反覆教育門徒的唯一方針。老師也許吹毛求疵，龜毛至極，但讓教學助理打雜這些生活瑣事時，老師實際考驗訓練學徒的不二處事原則，永遠都只有「嚴謹」二字。

研究，生了沒？

我們班之中，我是唯一決定跟隨女王寫論文之人，也是第一位讓老師主動開口收徒的學生。然而，我卻也因為繁重研究助理職務，成為班上耗費最久時間才生出研究的研究生。到底學徒要歷經多少年歲才能出師呢？嚴謹治學的嚴師究竟能否生出高徒呢？一位研究生到底多久才能順利生出研究？

我的同班同學們因學術興趣不同，因而各自分頭尋找截然不同的教授。像是雲姐，她回到大學母校找舊識教授跨校指導，嚕媽和摳姐欲研究現代文史，因此選擇所上其他老師擔任指導教授。至於大仙與維特，早就逃之夭夭，想起女王課堂上嚴謹而咄咄的恐怖經歷便心有餘悸。他們的指導教授皆是溫暖良善的老師。

與我不同的是，我的同班同學們不曾自願擔任學徒，歷經那段漫長的研究助理養成記。

回想碩士班二年級時，我再度選修第三門由女王教授授課的專題課程，這是碩士班期間最困難的一門課，也是我決定拜師的關鍵。除了繁重文本閱讀外，每周我們都要針對同學的報告提出批判性問題，從初稿至完稿一步一步相互批改小組搭檔的期末報告，指出其論點缺陷並提供建議。我們班夠膽量再度選修女王的課，這學期只剩下雲姐、嚕媽與我。審閱同學報告並不難，困難在於必須雞蛋裡挑骨頭，指正對方議題裡看不見的盲點。我的搭檔是雲姐，因為宿舍寢室相鄰，我們兩個應該是修女王這門專題課同學裡最常一起討論的組員。

期末報告大綱繳給女王後，有日教學助理工作時段，老師與我閒聊起來，儼然輕鬆版本的論文會晤。談論時，報告裡的論點被老師牽引到更複雜的層面，因此必須大幅修正，令我倍感焦慮。等到期末必須提報自己的期末論文進度以及評論搭檔的論文時，我真是緊張得牙齒打顫，手也發抖，心臟跳太快還微微抽痛，一直偷捏同樣不安的雲姐的手。只要必須在女王課堂報告，我們都惶惶不安。女王一個眼神似乎就能殺死站在台上發抖的人，一個評論就能讓我在回家時難過落淚，對自己的表現感到失望。難怪同學稱女王背後總藏有兩隻看不見的大刀。我時常對自己報告裡的詞不達意，邏輯矛盾深感沮喪，報告前一整夜完全睡不好，腦袋不該轉時又拚命轉，不斷地做夢。夢裡出現小組評分表，和女王怒轟「論點不通」的場景，醒來就跟沒睡差不多糟糕，頭暈眩得轉呀轉。

最後，出乎意外，我在課堂報告中提出的批判問題居然問倒一同修課的博士班學長。聽完我的簡報，女王嚴肅神情突然放鬆許多，眼神綻放光芒。學期中之後，女王便問我是不是想跟她寫論文？

哇！我成功被老師收進門，真正成為小師妹了。「是的，老師。我對淵博學識女王的景仰猶如滔滔江水連綿不絕，又有如黃河氾濫一發不可收拾。」我引用港劇天王星爺電影中的著名台詞，惹得女王呵呵大笑。

碩士班二年級結束後，鮮少入宮的二師姐通過碩士論文口試順利畢業。大師姐則搬回家鄉專心趕論文；自她結束研究助理工作到能夠獲准論文口試，這段期間是一段長長的波折，師徒關係牽扯權力糾結，大師姐想必一定無比煎熬。女王雖對師姐斷然離去的表現不以為然，但因其高品質的論文內容，也沒有理由拒絕師姐的口試申請。沒多久大師兄也完成論文，通過口試畢業。獲得學位畢業後，大師姐與二師姐人間蒸發。而大師兄入伍服兵役，同時準備報考博士班。不知道師兄師姐在老師高標準檢視下如何活過來的？只是，從前傳授給我們那些研究助理教戰守則的大師姐，至此便離開學術研究領域，令人驚訝。究竟什麼因素讓畢業後的大師姐與老師斷絕所有聯繫？碩士班時期的我不曾站在學姐角度省思一段變質關係的種種成因，只是單方面採信老師一口咬定師姐斷然求去無疑背叛師門。

許久之後，決定從博士班退學之際，關於大師姐的這段回憶重新湧現。大師姐與我是一樣的，斷然求去是我們一籌莫展之後的最終行動。碩士論文與博士論文的結構不同、內容要求程度亦不同，指導教授能掌握生殺大權的比重更是大相徑庭。大師姐這位能幹的研究助理和她後來的處境遭遇，似乎應驗了當時她私下透露的警語。也許能力越強，越容易被人視為理所當然的工具人。而鐵齒的我，活脫脫是大師姐翻版。說是背叛或許過於沉重，但背叛二字卻是最簡便的控訴，以掩蓋人與人關係的無力回天。

碩士班當年，當師兄姐都畢業離去，女王研究室只剩下三師姐康絲坦與小師妹我了。升上碩班三年級，我和三師姐一同準備撰寫碩士論文。但大多數時間我們都待在老師研究室，待命與工作（意思是：待命中，或者庶務工作中）。碩士論文生出了嗎？自從簽好了指導教授同意書，繳交暫定論文大綱，然後被女王推翻原先預計研究的議題後，就再也沒有後續進展了。那時，讀書寫論文對於我們兩位研究助理而言，只怕有心無力，上班族似的朝九晚五，每日離開研究室回到家都已精疲力竭。想提起精神讀書，打開電腦寫碩論？只怕是長夜漫漫路迢迢，書寫未捷眼皮先死。碩三當時，碩士論文都還沒個著落，壓根未想攻讀博士班。遂想起大師兄曾經的警告，果然如此！寫論文是你自己的事，就算整天都待在老師研究室，可是自己還是必須抽空準備論文，做好自己學生本分。

那時除了日日必須處理乏味制式的研究行政紙本作業，擔任教學助理的我終於成功晉級，有機會在課堂上帶領大學部學生閱讀文本，導讀早期作品裡的重要文史脈絡。站在女王教室裡的講台上，我感到自己由小師妹升等為師姐身分的轉變。老師指派給我的正式教學助理工作是帶領大學生課堂討論。老師更挪出時間允許我即興發揮，補充說明任何她想要我提點大學部同學們注意的議題重點。女王教授給予我這碩士級教學助理課堂上莫大的言論自由，幾乎所有喜歡的議題，我都能暢所欲言。當時的我時常暗自欣喜於大學部學弟妹們的欽佩目光。最令人陶醉的時刻莫過於課堂上，因為自己的提問與回答，老師的眼神閃閃發亮，充滿光彩。助教時間裡，我向學弟妹們講解文本中羅馬詩人維吉爾饒富哲學地啟發但丁這位在地獄裡迷途的學生，引導他邁向知性與神性更進一階。非常羨慕文學作品中但丁與維吉爾裡猶如師徒亦如父子的理想關係。於我而言，女王無疑高舉神聖之火，引燃像我這樣的小學徒對學術研究的知性大爆炸。打從心裡我全然地尊重並且敬愛師父。

終於，一點一點抽空蒐集好待讀的資料能慢慢吸收整理了，碩士班最後一年裡，我和同班同學開始如火如荼追趕論文進度。同儕相互激勵之下，雲姐、大仙、嚕媽與我約定好要在暑假前順利完成書寫，提出申請最終論文口試大魔王關卡。只是，每想到往前一步，就離離開又近了些，心裡感覺複雜。我究竟還能在這舒適的研究環境裡待多久？離開後能再回來嗎？還能再有機會講授喜愛的議題，或者與國際學者見面聊天嗎？若再回到學術圈，身分也不再相同了吧？

碩士生完成一百頁左右的論文，通過口試後終須畢業，但如果我留下來攻讀博士，繼續跟著老師做研究呢？想讀博士班的想法隱約浮出水面的時間點，也許早在女王成立研究中心不久時，或者當我站在大學部學弟妹面前飛揚談論但丁《神曲》時？也許是女王讓我在學者面前以鮮少人會說的古代西歐語言朗讀一首古詩時，我發現自己身心靈熱愛浸潤在知識之海裡，渴望跟隨師父步伐往更深遂的學問之洋游去。

那時心想，趁還擁有學生與研究助理身分，能免費使用校園絕佳學術資源時，我一定要好好地使用，瘋狂地用。生命中若曾有過這麼一段無後顧之憂，僅僅只需將熱情灌注在喜愛的研究裡，然後一步一步產出點成果。這樣生出來的果實，即便不能堪稱最好，卻也是老老實實的結晶。

2—5 萬能助理

碩士班三年級那年冬季，女王在短短兩三個月之間便霸氣創立了古代文史哲研究中心。三師姐與我的研究室助理身分又往上進階，終於成為高級貼身宮女，短時間便眼鼻舌身意，用盡全身任何一個細胞吸收研究助理攻略，無所不能服侍女王殿下，解鎖萬能助理職務。

為了協助老師成立研究中心，三師姐與我是包辦所有雜事的僕役，從丈量空間、打掃、挑中心辦公室家具、買家電、搬運桌椅、種植盆栽等等庶務都是我們兩位所謂「中心助理」的分內事。想當然，每件事都在女王的嚴謹計畫內準確地執行。研究中心自從動工起一直到落成與開幕（當然少不了開幕茶會派對），每一磚瓦以及所有看得見與看不見的一景一幕，背後都是師姐和我的血淚，我覺得自己的靈魂滲入研究中心木櫃裡、地板中、沙發與書裡（噢，還有咖啡機）。

總算知道大學裡，老師研究助理工作裡最高端的「經費報帳」為何。若有一門課能夠教授經費報帳的技巧，那必定得歸為研究助理必修課。大學研究所堪稱象牙塔裡的微型社會，而幫教授報帳研究經費這事，是研究所不會明明白白傳授你的社會事。菜鳥研究助理不懂？那等著被主計室助理們罵個臭頭吧！經費報帳申請退件事小，若報帳未能通過，或者期限快截止還被退件就慘了。創立研究中心期間，性急的女王老師發過無數次脾氣，我也時常被主計室或者女王罵哭，落過不少眼淚。我知道女王就事論事，且自己見識淺薄，粗心大意犯的錯怪不得別人。原來，這就是研究助理的世界，以研究之名行僕役之實。我像提早進入了職場社會，差別是所有工作與工讀金收入極端不符合比例。

那年初冬確定要成立研究中心，一直到隆冬圓滿落成後，我們待在中心辦公室的時間自動延長，不是責任制如此簡單而已，就算沒事也必須隨時待命等候差遣。從前平均五點半下班離開女王研究室，時間一到大家自動鳥獸散。研究中心成立後，業務倍數增加，女王亦突然想起似乎應該要提教授升等計畫，繁重升等業務落到文書工作能力強的三師姐身上，我則是幫忙研究中心庶務。三師姐必須幫忙老師整理過去十多年來所累積的研究成果，編印成冊後送繳系辦與學院。某幾日刷新研究助理下班紀錄是凌晨兩點，更曾有過直接在研究中心徹夜工作，天亮才回到家的慘況。當我們徹夜加班時，老師全程與我們二位助理並肩作戰工作。同班同學們時常玩笑：「女王未離宮，誰敢喊離席呢？」這段期間，老師、三師姐和我就像戰友，我們三劍客培養出深刻的革命情感。

研究中心成立之後，除了行政業務，學生們時常到中心辦公室和老師一同暢談學術，女王的孤高有了出口，她在裝飾頗具禪意的牆壁中央掛上一幅飛揚著「德不孤」的字畫，據說是日本高僧所書。研究中心本身從事古代文史哲分析，儘管東方裝潢風格與研究中心主題大相徑庭，辦公室倒像極了歐洲二十世紀初文人交會的沙龍客廳。學者學生往來進出學術殿堂盛宴，席間大夥兒言語激盪，迸發學問靈光。時常，我邊幫忙為來客們端茶遞水，邊暗暗記錄這群高知識分子如何答辯對方投擲而來的艱深議題，期許有一日也要變成這樣厲害的學者。

當中心充滿教授的訪客時，三師姐與我被訓練成為「囡仔郎有耳無嘴」的隨侍，只消伺候這些貴客喝茶吃餅。當中心只有學生時，我們轉為師姐級角色，訓練學弟妹們如何思辨。因為中心的存在，女王遂名正言順有個對口單位能夠邀請國際知名學者們來台學術訪問，舉辦大師講座。我們獲得前所未見的絕佳機會與那些國際學者請益，與知名教授們結為良友。女王總笑盈盈周旋於外國學者間介紹她的研究中心與成果。

若說研究中心有什麼拿得出來的成果，大概就是三師姐與我無止境焦頭爛額填表格申請國外學者來台計畫、報帳、接待外國學者們繞著整座島嶼巡迴學術演講。短短半年，我們接待了一批又一批由海外飛來大駕光臨敝中心，赫赫有名的外國大咖學者以及隨他們來台訪問的家人們。康絲坦三師姐屬於內場型，善於處理行政的助理；我則負責外場應對，與學者寒暄交際。短時間裡我的英文能力給研究中心研磨得光亮流暢，尤其晚宴佐餐酒之後，我的大腦辛勤運作英文和機智問答兩部分，像隻小鳥飛掠所有貴賓心頭。著作等身的英國老爺爺大師教授說我像隻百靈鳥，能輕巧詠唱古老詩歌。女王看在眼裡，炯炯目光藏不住對一手提攜栽培的徒弟們的驕傲。那時，我們無須出國便能得到絕佳機會與國際大師會談，這大概是全台灣研究生夢寐以求的機會。

雖忙碌至極，甚至好久都無法回家，我的內心卻因學術盛宴感到富足。送走那陣子最後一批外國學者，派對結束後女王的所有學生們都離開辦公室，那些無須工作的空閒時刻，便是我能安靜讀書的美好時光。通常這樣的小確幸時光也是三師姐使用辦公室電腦玩種菜小遊戲的農忙時刻。研究中心辦公室面西，又位於高樓層，落地窗正對校園大草坪。平日天氣好時，橘紅夕陽渲染綿綿雲朵，每年還有三周能獨享「包廂位置」，專屬欣賞小徑上成排、一年僅綻放一次的鮮黃巴西風鈴木。非常喜愛我那靠窗的中心助理座位，這個位置恰好最靠近中心裡的女王專屬個人沙發（王座），是大概吸收承接最多師父的功夫，充滿期望成為接班人的位置。

「可，靠窗的那位子總有一天不再屬於你。」一日，坐在王位的老師望著待命在研究中心靠窗、舒服的助理位置的我，充滿哲學含意地這麼表示。那段日子裡，我的碩士論文一步步通過老師的嚴格批改，經歷數個修正版本，最後終於通過口試答辯考驗。完成碩士學位的同時，我也已然考上兩所國立大學同領域博士班，好似爬在順風山巔，踏在浪尖上，是那樣志得意滿，那麼前途似錦。是不是進入博士班攻讀學位，我就能成為師父接班人呢？準博士生如我壓根沒料到，女王那句關於靠窗座位的一席話，隱約預言爾後的博士生涯。

「汝不得僭越」，書裡讀到的古老宗教訓誡嚴厲鞭笞著太年輕，太容易志得意滿的我。當時涉世未深、以萬能研究助理為傲的我其實不明白職場個中道理：就算助理再萬能，依舊為人服務做事；研究助理看似重要，但卻能被替換。今朝這批研究助理畢了業，明日又換來新的一批研究助理做著相似的事。助理究竟不是主事者、主理人。為人服役需放低身段與姿態，切記勿搶了光，佔了便宜，還想永遠霸佔一個乾淨光亮的位置。

說到底，沒有任何事是永恆不變。萬能助理，萬萬不能啊！

輯三／

聽人話

3—1

他方火葬，這邊活埋

早在碩士班時期請託女王簽名指導教授同意書（研究生們私下俗稱賣身契），女王便傳授師門明訓：「他方火葬，這邊活埋」。一直以來依然懵懂這句出自禪宗公案的語句；當時，老師也只是玩笑打趣：「噢，別嚇一跳喔，這話就是說，你們去找別的指導教授，人家可能一把火就燒了你們，屍骨無存。但是在我這裡，你們會被一點一點活埋。」

蛤？我還是不明白。為何麼要讓人家燒毀，要被活埋？

猶記義大利詩人但丁《神曲》〈地獄篇〉序曲寫道：「致那些即將進入（地獄）之人，放棄一切希望吧。」這句話刻在文學想像中，地獄的入口處。但對於博士生而言，這話不僅是自嘲刻苦學業生活的玩笑話，地獄二字更精闢刻畫博士班的萬劫不復。我想，比起地獄，博士班更像是但丁《神曲》第二部〈煉獄篇〉，是巨大的人間修煉場。進入煉獄之人，肩上背負各式遠大志向，大家由煉獄山腳開始攀爬，欲征服博士學位高山。山路險惡，有時此路不通，有時遭遇土石流坍塌。滿懷希望的修煉者就這麼給活埋也不無可能，端看自己是否有能力奮力爬出爛泥，頂天立地。

研究所裡，指導教授扮演萬能的天神角色，主宰一切大小事，赦免救贖修煉者。許多研究生總愛稱之「老闆」，因為除了必須聽老闆指令做事之外，研究生每個月能從老闆那兒領取月俸工讀金。只不過，前提是老闆夠厲害能申請到科技部研究計畫，才能養活麾下的一批研究生，甘願為老闆做牛做馬找資料做研究兼打雜。人文領域學門就算能申請到科技部研究經費，比起理工學門，經費顯得精美小巧（研究計畫申請書用字遣詞精美，獲得的經費卻是小巧可憐）。總之，要來拜師就別怕苦，要做事就不要喊累，一切全憑老闆或者師父的主意。我們大多鄉愿地扮演聽話乖順的小學徒角色，真心誠意相信師父能啟迪徒弟們學業知性，幫助我們寫完論文，且開創我們學術生涯上的鴻圖大展。因此，即便當時我考上另一所人文學門排名頂尖的國立大學，依然留在原國立大學，跟著師父女王繼續修煉，攻讀同領域博士班。

人文領域博士班前三年通常必須完成規定學分修課，一學期通常只能選修兩門課。多了？一是應付不來，二是根本沒有老師開授博士班專業課程。招生章程修業藍圖裡通常編列漂亮，我們系所專業領域該有的核心課程樣樣不缺。事實呢？考進來之後才發現所有專業領域的老師們東缺西跑。這學期某甲教授沒有在碩博班開課、某乙教授準備退休、某丙教授直到下學期才會在碩博班開課，某丁教授跳槽到更好的大學，或是某戊教授高升到中研院擔任研究員。領域小，老師少就是現況。

終於把系所規定學分修畢了，回首年限已過三四年。第四、五年，將所有時間空下來準備魔王關卡「博士資格考」，一共三科，兩科背景知識考試加上一科專業知識考試。每科考試必讀書單各長達三十本，三十本中有些厚如磚塊、有些冷僻生硬；大抵是自己研究領域重要著作，大多書單都是多年老友，書本們黏貼夾雜密密麻麻紙片筆記。我排定自己一學期（約略半年時間）必須重讀完畢規定書單。而敝研究所博士班舉辦的博士資格考方式十分不人道，單科考試時間八小時，考生可攜帶所有參考書目進入無網路教室，但該規定的荒謬在於桌上電腦無網路，但是考生無限上網吃到飽服務的手機卻可攜帶入場。考生使用電腦打字書寫完成所有試題即完成考試。

碩班時期擔任教學助理，我曾替系上監考過博班學長姐的資格考，知道時間與專業試題將博班考生全擠壓成小小的、扁扁的個體，不小心一壓就碎。等到我自己上場更能體會其中之艱苦。這三科資格考試時，我將整理好的筆記以及重要參考書放入十九吋小行李箱，塞在機車腳踏墊，早晨七點三十分抵達學校後一路拖進系辦對面的考場教室。小行李箱裡還放置了大壺咖啡、溫開水、好吞食的麵包、茶葉蛋跟香蕉補充熱量。接著就是振筆疾書，瘋狂打字書寫。

前兩科目背景知識考試命題教授是系上其他匿名教授，第三科是指導教授命題。我在博士班第四至第六年初即通過系所修業規定三科各長達八小時博士資格考試驗，答題時論證書寫過癮。拿到試卷分數與回饋時，前兩科匿名出題的教授附上正面評價：「該考生充分展現厚實背景知識，答題論理條理清晰，論點透澈，即便因時間關係沒能在最後一大題解釋更多例證，該考生的專業學術能力仍值得讚許。」但是女王對我答題的內容依舊甚感不滿。

總之通過了所有博士資格書單考試，但我還不是博士候選人。博士章程改了新制度，必須再提出博士論文綱要，通過指導教授首肯，舉辦綱要口試答辯才能成為博士候選人。制度看似合理，卻也隱含潛在隱憂。例如某甲學長一直找不到指導教授，因而無法擬定專業科目書單。也有某乙跟丙學長姐原定找好外校教授指導論文，按規定必須再找一位系上教授掛名共同指導。所內那位系上共同指導教授便是女王。專業科目書單資格考試由女王出題，兩位學長姐都沒能通過。他們著急不已，眼看已是最後一年，情急下找了當時系主任陳情，私自更換系上共同指導教授。幸運地，有了系主任背書，學長與學姐順利拿到博士學位。女王得知自己被切割，震怒極了！她指責學長姐「欺師滅祖」，認定他們的學術生涯就到此結束。

與學長姐們不同，長年在女王研究室裡耳濡目染學術資訊（包括內幕與八卦），我對學術活動參與度一直以來都有高度熱忱。十年間我完成了七篇國內外學術研討會論文發表、出版一篇國外期刊論文，退學以前還有一篇新的國內期刊論文投稿被接受。我獲得過校長獎、學院優秀教學助理獎，以及對於博士生而言最重要的獎勵：國家級全額獎學金補助赴外研究。十年裡，每年我都是一點一點地做著學生分內事，博士班第一年發表第一篇全國研究學會會議論文、第二年暑假獲得學費補助飛到北京大學與世界其他頂尖博士生們一同參與國際暑期課程、第三年和師兄妹組團到澳洲發表會議論文、第四年代表學會飛往英國發表會議論文、第五年準備申請赴外研究獎學金、第六年獲得獎學金再度至英國旅外研究準備博士論文。所有修煉點滴已然在學術生命裡鑿下深刻且無法磨滅的印記。我非常努力攀爬博士學位這座煉獄之山。博士班十年學術里程上努力汲取知識，體驗各種未曾經歷的知性盛宴，行萬里路踏遍奇異之地。那些年間獲得許多國內外師長們的幫忙提攜，論及學術成果，絕非人云一無所成，混不下去才退學。

但，回台之後第七年直到最後一年僅剩下種種被刁難指責的難堪，指責不夠好、沒有到位、論文稿件不通不通不通；嘲諷不過就是井底蛙，以管窺天。在指導教授眼裡，我彷彿一無是處，好似沒有考到一百分的我就注定學術表現是零分。一直那麼確信，歷經長年耕耘，一定終能完成博士論文，獲得人文領域博士學位，成為一名學者。到頭來，夭折的博士生ABD（All But Dissertation，意即除了論文以外全都完成的博士生）連同未竟之業博士論文通通不算數，所有研究成果皆付諸流水。

是不是該幫自己的學術頭銜冠上All But Dissertation縮寫呢？ABD，只差博士論文的博士生。「柯曦答，ABD」這樣如何？

「~~Dr.~~柯曦答」也不賴，往博士頭銜縮寫劃過一道橫槓，刪除所有一切，博士頭銜上留著一道疤。我不知道該如何稱呼自己，為自己寫段自我介紹，像是「嗨，你好，我是差點拿到博士學位的柯曦答」，或是「我是博士肄業的柯曦答」。

十年來，出席各種學術場合，我都是使用博士生頭銜。而今，失去頭銜的我也同時失去學術平台，無地方可將研究牛肉端上桌展示。沒能拿到博士學位好似根基崩塌，我不知道還能如何在學術界立足，如何稱呼自己。有沒有博士學位有關係嗎？當然有啊。沒有博士學位，我無法申請應徵任何大學專任教職、無法因專任教職賺取穩定收入以脫離「高等教育打工仔」的兼任講師生活，無法再次申請赴外進行博士後研究、甚至無法申請研究計畫只因計畫主持人必須是專任教師。像高等教育圈這樣的宅門，八字不好生不逢時，沒有博士學位就是差人那麼一大截。

他方火葬，這邊活埋。

作為一位攀爬博士學業煉獄之山的修煉者，我大概完完整整地被師父活埋，只剩一息尚存。但，要不想就這麼掛了，便要努力爬出泥沼啊。只是，至今，我才深刻反省，比起讓人一把火燒乾一點痕跡也不留，從覆蓋自己的爛泥中爬出才是考驗一個人強大意志力，最高段的修煉奧義。用盡氣力掙脫爛泥，從今而後，修煉途上便不再是等級低之人。我的經驗值於是增加一百萬分，且不再需要老闆肯定。

我就是自己的老闆。我能自己鞭策自己，在跌入山谷，土石覆蓋之時，以意志力將自己接住，自泥土堆中再度爬出，頂天立地站直。

3—2

反抗不服從

十年來，「號令聽命」與「反抗不服從」是兩股不斷拉扯的力量。作用力越強，反作用力也越頑劣抵抗。

我的指導教授女王陛下不僅主宰學術行政上的大小事，就連生活瑣碎，甚至情緒表情都有意見。自研究所碩士班乃至博士班，長年來我被嚴格教育「不要期望從老師口中聽見讚美」。做好一件事，不要想得到讚可。寫好一份研究報告，發表完一場研討會演講不要志得意滿，活在自己的小宇宙。老師說，只有糟糕的父母才會大力讚美，當眾誇耀自己的孩子。只要我有任何喜形於外的表情，馬上會被解讀志得意滿、驕傲。只要我覺得自己好像站穩了一小塊地，我腳下的地板瞬間被抽開，我的自信立即崩塌。奉行日本禪宗哲學的女王嚴訓「不從千里借，豈向萬機求」，講究謹慎自律、自主不依賴的態度。老師要我不問也不求，要我不要想從她那兒得到「好棒棒」糖果，不可要求從她口中聽見稱讚這種虛假的話語。好的，我銘記在心，自立自強找資料做研究，盡可能做到從圖書館知識寶庫裡挖掘寶藏。可只要我一不小心做錯了，更多時候只是不符期望，我得到的情緒懲罰是立即地、當眾地、不留顏面地爆發。

「柯曦答！你在搞什麼鬼？」

「你為什麼不按照我的指令做事？」

「你跟我學古代文史哲，怎麼能不知道嚴規自律呢？老是散漫成性又驕傲。」

女王要我完完全全遵照她的指令，修課、學術庶務行政、接待學者等每一步都是。沒忘記她總說「做學問與做人做事同樣準則」。但女王從不說清楚準則界限。就算她說清楚了，又會臨時變動；有時忘記了變動前的指示，所以我又做錯了。準則似乎對學弟妹等其他人寬鬆有禮，於我最為嚴苛蠻橫；似乎我就是欠罵欠管教。在她眼裡我驕縱傲慢，總是不斷不斷地做錯。漸漸地我遂分不清到底是自己能力不足，還是女王的指令沒有彈性，沒有人性。誠如有次女王在受邀來台訪問的韓國資深教授面前數落我：「永遠不按照我的指令做事！」站在一旁看著我們這對師徒互動，拘謹嚴肅的韓國教授轉而問：「為什麼你不服從指令呢？」當時不知哪來的熊心豹子膽，我引用聖經的典故，回答：

「因為不服從是人類的原罪。」

韓國教授笑得開心稱讚我的機智。當下女王沒有再說什麼，但那場學術活動過後，女王要我到她的教室門口等著。教授完午後大學部課程後她要直接回家，不進研究室，但她必須罵人以儆效尤。因此領我伺候著亦步亦趨到停車場，邊走邊厲聲教訓我的所有不敬、不聽話、不服從。短短五分鐘路程，我像是被領去刑場的罪犯，全身因恐懼而顫抖，一路聽著罪行宣判。女王駕車離去後，我站在樹林間的校園停車場哭了好一下。接著低著頭，害怕讓校園裡的人來人往給看見我那紅腫雙眼，尤其是熟識的人。好不容易回到家，將自己扔在床上，嚎啕大哭之餘將所有無助寫了一首小詩：

失去判斷力，組織能力，
邏輯以及言語，
忘記如何反省；
什麼事也做不好，一事無成，
徹頭澈底地失敗。
我是失敗者。

M'aidez, M'aidez?（編按：救救我）
有人聽見嗎？
聽見我正在說話嗎？

看見無人知曉的符號嗎，看哪，
那是我以悲傷為肌理，
以淚水為媒介，
編寫而成的符碼。

入學博士班時，該屆就僅我一位錄取，想當然多數博士班課程只有我一位學生，與老師進行一堂課三小時對談。焦慮並非源自課程裡的參考書目閱讀過程，而是害怕與老師對談時無法回答到位，無法答出老師要的答案，或繳交的書目摘要報告漏洞百出，讓老師一個字一個字挑出來，花兩個小時批判。終於，我的自我認同完全潰堤，不知道自己的價值在哪？我真的適合攻讀博士班嗎？心裡不斷冀望老師能不能至少肯定我一點點？我只期盼自己所做的每件學術庶務工作、寫出的稿子、發表的產物能得到老師的認可。

居住在我的內心深處，那個小孩僅是想得到老師的專業認可，如此而已。

「你不需要別人肯定，別人的評語、我的評語，聽聽就好無須在意。」

「你要的肯定不從千里問，無須向萬機求。」

女王心情平和時會講授富有禪意的哲理，教育我們做人處事道理。大道理我都懂，但是當殘忍的批判如萬箭，鋪天蓋地而來，我不知道有多少人能夠忍受我所承受。她曾要我學習如何不當箭靶，躲開利箭：「那些傷人的話就像飛箭，但你要學會閃避，不要讓自己變成箭靶。」要是我真能成功閃開飛箭，望著落在地上的所有指責就好了。當老師的批判萬箭齊發朝我而來，我總學不會；總是完全承受非難，讓自己傷痕累累，無能為力改變身處學術階級弱勢的現況。

我的求學路一路政治確定，但卻在博士班第三至第四年間出現最嚴重、最荒謬的牆，一頭撞得淒慘。最早起因已不可考，無非老調重彈「號令聽命」與「反抗不服從」兩股勢力拉扯，但這樣的對峙終於在澳洲研討會發表時瞬間炸開，關係碎裂。

博士班第三年，女王打算與澳洲一頂尖研究社群進行雙邊合作備忘錄，於是率領旗下兩位新入門碩士班師妹諮穎與志柔、我，以及當完兵後轉而攻讀他校博士班的大師兄葛福瑞，一行人組了台灣代表團浩浩蕩蕩飛往南半球發表學術論文。那次是我們第一次前往英語系國家進行學術交流。在澳洲，我們師兄姐妹再度與熟識的國外教授們齊聚首，興奮不已。幽默風趣的學界重量級大師君士坦丁教授依舊調皮地開著學術玩笑；我們最喜愛、親切慷慨的考利教授夫婦依舊熱情款待，細心地照料我們這群台灣來的孩子，介紹我們與當地學校博士生結識。南半球一切都那麼夢幻美好，直到發表論文那一刻，熱情的學術之火瞬間給澆熄。

「謝謝貴研究中心給予我們這麼棒的機會能來到這學術殿堂發表。藉這機會，我也想回答這兩日與這裡的同儕們的好奇提問，為何一位台灣學生這麼熱愛西方古代文明？我想除了『天注定』這種不可知的答案外，最大因素莫過於我有一位好老師。我想跟隨老師的步伐向前邁進，成為一位好的古代文史研究學者。」發表論文前一分鐘簡短題詞裡，我對著台下學者聽眾由衷表達感謝。

演講桌前滿室赫赫有名的澳洲學者們微笑著用力點頭，以熱情眼神肯定我的開場白。我的視線穿越滿室聽眾，望見坐在最後一排的女王，心想女王應該也會滿意這樣的題詞。但是，那極短暫時刻，我剎時看見女王臉色一沉，劍鋒狀的眉頭撞在一起；我有不好的預感。開始進入專心發表會議論文的二十分鐘裡，我的視線一直不敢再飄向老師的所在位置，否則定會影響自己情緒，讓發表失常。

發表結束後的提問時間，我穩穩回答了來自俏皮的古代文史大師君士坦丁教授的提問，而其他澳洲學者們亦正面溫暖地肯定我的論文，誇獎我將古老語文朗讀得比當地學生都好，勉勵繼續在這塊領域耕耘。但是坐在最後一排的女王依然一臉陰鬱，我不知道自己又做錯什麼。慌亂之中輪到學妹諮穎、志柔的發表，大夥兒移動到新的研討室。兩位師妹諮穎與志柔的論文發表場次，女王端坐第一排位置，從頭至尾微笑著，表情顯露對自己指導學生的滿滿驕傲與自豪。發表十分順利地結束，許多澳洲學者對於志柔師妹以台灣文化觀點探看西洋古文明傳統的研究方法十分感興趣，女王這指導教授當然臉上有光，拉著她們介紹給當地學者。

當下我的心裡有種說不出，悶悶的感受。論文發表結束，午後天氣正好，我推開落地玻璃大門，一個人走到學院花園透透氣，在南半球冬季晴空下整理稍早論文發表時受女王影響的情緒。一會兒，眉開眼笑的女王領著志柔、諮穎也來到我所在的小花園，齊坐在草地上準備一場小小的「賽後檢討」。女王說要宣布一個好消息。

「恭喜你們！這次的發表非常順利，澳洲研究社群的老師們不斷地讚美你們。他們都驚訝於我們台灣在這領域的研究能量。多虧了你們，我們與對方談好了學術合作備忘錄，而你們就是第一批參與雙邊交流合作的種子。」哇，聽起來多麼美妙，參與雙邊學術合作是不是代表我們有機會能再度來澳洲進行像這樣的訪問交流，甚至在當地短期學習呢？

喜上眉梢的老師接著開始簡述她與澳洲研究社群教授們的初步合作共識：

「志柔呀，我已經和君士坦丁教授談好了，你的碩士論文就由他和我跨國共同指導。而諮穎你呀，澳洲研究社群主席亞瑟．潘佐耿教授對你的碩士論文非常有興趣唷！我想就由他來指導你，你知道的，潘佐耿教授是你研究的議題領域首屈一指的權威。等我們回台灣後，你們兩個就向系上提出共同指導申請。」

那我呢？

我不能參與所謂的雙邊交流計畫嗎？沒有任何國外教授對我的論文有興趣嗎？老師沒有跟當地的教授提到我嗎？方才論文發表時，君士坦丁教授和其他學者不是讚譽有加嗎？疼愛我的考利教授呢？我不明白為什麼女王的台澳雙邊學術合作備忘錄忘記了我這位門下唯一的博士生，也忘記了大師兄。也許因為大師兄就讀其他學校博士班，故女王無法為其安排。可是我呢？當下我不敢發問，卻覺得難過不已好似自己被排除，不在美好前景計畫裡。

一夥人飛回台灣，第一次回到女王研究室後，她端坐在沙發王位，斂起笑容開始清算起我的總總不是：「你講那什麼開場白，什麼叫做『天注定』？丟臉死了！害我這老師面子不知道往哪裡擺，我還真不知道自己是不是好老師呢，才教出你這樣的學生?!」

天啊，怎麼會變成這樣呢？

接著，她開始批鬥我的論文內容，這裡漏洞那裡不通。矛盾的是，後來這篇澳洲發表的會議論文讓當地大學期刊接受並順利出版。我將淚水斂在眼眶裡，忍住不讓它們失控滑落臉龐，以免惹得老師更不悅。此時回顧事件，也許上司的面子遠比什麼都重要，我真的不該在澳洲當眾說出那串源自對於老師啟發點燃我的學術之光的由衷感謝。難怪我沒有選入雙邊研究合作備忘錄合作的對象。女王只給了一個模糊晦澀的答案：「我沒有道理找任何一個國外教授共同指導你欸。」至今，我依然不明白老師的回答，好似她的所有言論都是情緒用事，聖意難測。

這件事嚴重打擊我的學術自信。從澳洲發表回來整整一年，我無法寫作與專心讀書，無法提起勁做學術工作。我花了非常多時間閱讀文獻，從龐雜系統抽絲剝繭書寫論述，因此對自己的論文稿子深具信心，但總覺得自己怎樣都達不到老師要求。想起法文有句非常地道的描述——「J'arrive pas」——永遠也達不到、走不到位。想到要繼續面對女王，一對一上博士班專題課，前一晚便開始焦慮到躺在床上動彈不得，眼淚一直掉沾溼了枕頭。每到寫作業時刻，鍵入任何一個字任一行句子都自覺漏洞百出，邏輯不通，沒有論點。身心像極了聖經《詩篇》提到的破碎器皿，太碎了拼湊不起完整的自尊。原本相處多年來的師生信任，這段期間漸漸消失，衝突取代對話。我想自己是不是真如老師教訓我時所言：「你不是這塊料！」

「老師，如果我真的這麼糟的話，那是不是休學好了？」我怯怯地發問。

「那你走吧，我不想再見到你。有病就去看醫生。」老師冷冷地回答。

我的反抗與不服從，並非與老師唱反調，或如同革命般抗爭到底。所有反抗僅是為了想讓處於權力天秤兩端不對等的另一方明瞭：我也有話要說。要是當時我能拿掉情緒，在任何事件衝突最緊繃之際，好好地與老師解釋我的想法就好了。也許，我的反抗是一種訊號，依然等待來自老師的正面評價與肯定。要能早早學到不問不求之哲理，不為任何成果驕傲自滿；那麼，「不服從」這衝突點也許便不復在。

3—3

最初的起點

碩士班時期，老師一直都是疼愛有加，學術路上殷切關照我這小師妹。但一到博士班，嚴格訓練轉為嚴苛煉獄。我一直記著這傷害最大，最刺痛人的話「我不想再看到你」。老師大概不想再指導我這個不成材、不聽話的博士生，下了通牒表示她要離開這所國立大學到他校任教，並要我重考某間頂尖大學博士班。我沒有其他辦法不知如何是好，只能按照她的指令，就讀三年餘博士班後，又得被迫重新申請那間頂尖大學。

面臨博士班生死存亡的同一時間裡，我意外獲得鄰校大學工作邀約，讓我每周兼任開授兩門課程。更令我出乎意外，一個與學術完全無關的藝術活動邀約在我的博士學業出現重大危機時來敲門了！一直以來的偶像，藝術家C老師邀我到她的新工作室空間共襄盛舉，舉辦一場迷你畫展。我從不知道平時為了解悶隨手胡亂塗鴉的小插圖會在社群網站上引起C老師注意，內心又驚又喜。我答應了藝術家C老師的邀約，也讓自己藉著學術以外之事轉移心裡所有委屈。

重點是，我的產出物被人看見，並且珍視著。

被強迫重考博士班的那陣子，女王同樣鼓勵論文即將完成的志柔、諮穎報考，只是標準當然不同。老師對她們好言好語，溫暖關懷。於我，即是放生，自己看著辦。兩位學妹有澳洲教授共同指導著，論文的重要性不言可喻。同期間，澳洲研究社群幾位學者抵台進行雙邊合作交流。一邊應付考試準備、課程壓力之餘，我們師姐妹們在女王的領導下接待國際學者參訪台南古都。晚餐時，等餐的空檔大夥兒閒聊之餘，我偶然向老師提起展覽之事並邀請她來參加。出乎意外，我的偶然提起換來一頓當眾、無情的猛烈批評。

「你才幾歲就跟人家要辦畫展？」

「為什麼要做這樣炫耀想出名的事？只是因為別人讓你做你就做嗎？還是愛慕虛榮趕流行？」

在她門下，這樣做只會讓她覺得丟人。老師憤怒地罵著，砲火之猛烈，在小小的度小月餐桌上，頻頻讓澳洲學者側目。幸好學妹們很是機靈，有默契地解救我，與學者們開啟新話題引開女王注意力。

當下，我將情緒收得很好。難過我只是做了一件單純喜歡的事，既不傷天害理也不是殺人放火或者違反學術倫理。我只是做了一件和學術無關的事，我只是做了一件進入學術圈之前就已經習慣的事，而多年來學術與課業讓我忘記了，我曾經多麼喜歡畫畫。學術、無聊的行政與繁重的課業也讓我忘記了，原來我以前也喜歡攝影和游泳。這件事，在前些日子與老師幾乎決裂的關係中是支撐我的力量，不是都快被趕出師門了嗎！舉辦迷你展覽沒有多麼了不起，我不是畫家也無意以它為業；只是繪畫讓我找到平靜下來的力量，暫時遠離所有責備。然後，突然有個機會，可以做一件有趣的事。

晚飯後，女王帶著澳洲學者參觀赤崁樓。藉故離開參訪一行人，獨自坐在從前荷蘭人建築的雕堡基座上，試著讓自己回復情緒。我想，這也許是世代之間深深的鴻溝。不曉得老師的年代面對繁重課業，面對螢幕前老是改不好的稿子，永遠念不完的書，寫不好就被罵的狀態，她是如何抒解壓力？她有她的信仰，她的價值觀與我們這個資訊爆炸，步伐飛快的世代完全不同。她對於禪學的興趣我並不了解。只是不能將這樣的觀念強加於我，並要求我變成這樣的人。展覽我的畫作就是趕流行、人云亦云沒有自己的想法嗎？想起長我們四歲，年輕的人類學教授J，她會好幾種樂器，自己作曲，為電影編寫音樂，她在演講上提及學術研究之餘，對音樂的興趣意外地讓她看見另一扇窗。這是一件美好的事，她也鼓勵我們去做自己喜歡的事。而我做自己喜愛之事，但同時也熱愛研讀古老文本，繪畫與古代文史哲學兩者都是我的氧氣，不是非黑即白的問題。老師的怒火下隱藏的也許只是擔心我無法專心課業。我想我只需要證明給她看：辦個迷你畫展，但我還能準備好自己本分的課業，再度重考博士班。是吧？

澳洲學者們結束訪問離開後，志柔、諮穎和我三人一起結伴應試頂大博士班第一階段背景知識筆試。三人中，只有我通過筆試取得第二階段口試資格，覺得自己還是有學術功力的，不似老師一直以來所訓斥的「你不是這塊料」。隻身前往口試複試的旅程中，我在車上拿出平板電腦寫了一封長長的信給老師，將所有心裡話像是應答頂大的筆試考題般，一股腦讓所有字句傾瀉而出，我寫道：

老師，好幾次，我在心裡勾勒好草稿，也寫下了想告訴您的話，可是始終沒有勇氣寄出。我怕又會讓您生氣。我想我準備好可以訴說了。希望佔用您一點時間，閱讀我的文字，聽我說話。

每次到鄰校大學教授完課，我開始以身為老師的身分來反省學生身分應該要做的事，以及您教過我的道理。可是，始終，我就是無法更正自己積習已久的毛病和陋習，為自己感到可恥。您說的沒有錯，我是有問題的。我的心生病了，心和頭腦每個地方都在崩落。想過看醫生，但我明白看醫生是怎麼一回事，吃藥也許能暫時治標，但無法治本。藥物帶來的副作用會讓我的記憶變得更破碎。記得從前那短暫的治療期間，抑制情緒低落的藥讓我常瞬間遺忘原本要做的事。那種感覺十分可怕，就像記憶突然被挖空，並且再也找不回來。那段期間我也無法創作任何東西。

您說得沒錯，我的壓力與焦慮不是來自課業，而是自己造成的。我活在自己的世界，在自己的行星上孤獨行走。克服不了心裡的害怕和對所有事情的不確定性，於是我深陷憂鬱，脆弱無力心力交瘁。這一年來，我總是反覆嗜睡與失眠，逃避做作業，害怕上學。勉強說我能做好的唯一的事，就是照顧我的貓以及畫畫。我知道並不是自己做不了作業，而是我不想做。這是很糟的狀況，十分不負責任。可是我還是無法讓自己打起精神，克服害怕。做事與念書變得索然無味，只是在應付，並且欺騙自己。害怕犯錯，害怕被責備，害怕老師嚴格的眼神；但是到頭來我的害怕卻讓自己讀書、做事與做人都七零八落，搞砸每件事，所有的事。我失去信心；漸漸地，便遺忘了自己原來的樣子，迷航在茫茫大海中。M’aidez, M’aidez, 我連求救的勇氣都沒有，因為，遺落了的心誰也沒法幫我找回，我只能靠自己一點一點循著散落的痕跡尋找。徬徨無助時，我曾去算命。卦相一卜，命理老師說我迷失在巨大的叢林裡讓我嚇了一跳。正是如此。

報考頂大前P老師幫我寫了推薦信，並將副本寄給我。信中提到我在中心以及學會研討會期間的幫忙是具有無比熱忱以及奉獻的精神；看見推薦信時，我對信中的自己感到無比陌生。那是我嗎？我曾經是那樣地具有熱忱嗎？那現在的我呢？同樣地，您為我寫的推薦信裡的那個我也是我所陌生的。有次，您提到推薦信無疑是假話。也許是吧，我也只能持續自我懷疑：我做得到嗎？從前曾是那樣積極樂觀幫忙中心活動的我到哪去了？

這學期春假前至考前兩星期的這段期間，因為頂大入學考，志柔、諮穎和我組了一個讀書會，每周日密集複習討論理論。我很感激他們倆在趕論文的期間能撥出一點時間大家一起念書，而且因為討論而激盪腦力。這段期間失去信心的我還是不停地懷疑自己；可是志柔和諮穎給我許多鼓勵，讓我可以一點一點將念過許多次的東西找回來，並且將腦中破碎的理論知識有系統地組織起。我以為自己做不到，但有次諮穎提到：「學姐，我覺得你解釋的東西背後架構好完整厚實，真希望我也能像你一樣。」我知道自己不是做不到，太多時候我只是因為害怕，而便宜行事或者乾脆不做。最後，演變為根本沒有資格做。但是，我還是只能靠自己，才能將自己找回來，將對古代文史的熱情和責任找回來。寫完頂大筆試最後一科，放下筆的當下，我覺得心裡有個地方比較踏實了一點點。考完試後，我感到興奮異常；因為我在有限的段落裡暢快表達我會的東西，只是我看不見自己的不足。我一直身處不足以及被認為永遠沒有準備好裡，但我在應考時卻找回了一點點遺落的東西，才感到踏實，感覺雙腳也能真正踩在地面了。也許，適時的抽離與再回來才能學習彌補自己不足的地方，放逐與回歸也因此總是文學藝術裡的最常出現的主題。

我想，向您道一千次歉也無濟於事，學習不是為了向老師交代而是自己。只是，老師，我還是想向您道歉。每次當您教訓我的當下，我在心裡總是不斷地反抗、為自己找理由辯護，假裝聽不見，麻木沒有知覺。可是這些訓誡的話在我心裡是有重量的，永遠會在一段時間後發酵印證一些事，適時地再次浮現在心裡告訴我：你錯了。但，這需要時間。我需要時間沉澱反省，然後再出發。我很抱歉沒能好好把握，沒能為自己的學業負責，拿不起卻又放不下。我想放棄又做不到，想做卻沒有心。我想過休學，但是大家要我加油。我想打起精神只是卻止不住沉淪。機會不停地流逝，凡事歷經一次之後就沒有了。但我還是想向老師學習。

我忘記女王如何在面對面會晤裡回覆我的長信，心理機制似乎適切運作著讓我選擇遺忘許多難以承受的回憶。但女王的凌厲詞語稍有和緩，且女王最終沒有離開學校轉向頂大任教。記得伴我撐過這個瓶頸，一路上唯一不離不棄的依然是我所熱愛的古代文史哲學。屢次接待國外教授訪台其間南征北討時，聽他們面對學問所散發出真摯的目光，以謙遜的態度和師長、同學們討論對談，這樣的態度令人欽佩。聽國外教授們演講，以及和大家私下聊天時，我才發現原來讀過的知識並沒有消失。原來這麼多不同教授所演講之不同的議題，我早在平日學術訓練與廣泛閱讀裡已奠定深厚知識根基。

終究沒能考上頂大博士班，但我深知問題不在於自己。只是，完成頂大博士班應試問答後，心裡有塊地方開始舒坦了。這次筆試與口試像是複習考，又像極了心理測驗，讓我明白自己並非不夠好，而是源於自信不足。自信不足的話就得回到最初的起點，與書本好好對話。一切終歸最愛的書本，老實地與學問面對面對決，而後終於開始能再度回到定心寫論文狀態。

兩個月後，我以學生代表身分出發到英國重點大學參加研究領域裡歐洲最重要的年會，該篇論文獲得許多老師們的鼓勵。在英國時，一同前去開會的女王也終於與我這徒弟和好如初。從不在外人面前誇讚我的她，研討會發表當天說了好多次Well done！喜上眉梢的女王說我的論文甚至比下了同場發表的中國大教授。

自頂大博士班考試直到英國年會學術之旅，這段期間，我找回研究最初的起點：我喜歡閱讀，喜愛分析古老文獻裡的知識，我對於文史哲領域投注深刻的熱情。這些全是奪不走的專業能力。老師似乎給我定了一個位置，然後等待我這個不斷迷航的徒兒自己走到位，回到學海裡正確的航道。希望我能永遠記得這段期間的苦痛與撐過後的開闊。在這其中，真的無比痛苦。但當讀到一個註腳，一段話，一個好的論點、喜愛的學者與文本，突然觸電般起雞皮疙瘩，開心得徹夜未眠。這樣的開心與感動也只有身在其中才能明白體悟。

放洋的孩子

博士班第六年，獲得國家全額獎學金，我帶著四十公斤行李一個人飛往位於北英格蘭約克郡的頂尖大學從事博士論文研究。由於西歐最大學門領域年會過去二十二年來都由X大學研究中心所舉辦，該校擁有完善的研究資料和手抄本縉本書、縝密課程規劃，以及古代文化與文學相關活動。除此之外，因我的文學偶像，撰寫風行世界奇幻小說《魔戒三部曲》的作家托爾金（J. R. R. Tolkien）也曾是該校元老教授，奠定該大學此領域研究根基。

因女王推薦之故，訪問英國X大學期間，我在芭蒂．葛斯蒙博士麾下學習。葛斯蒙教授博學、嚴謹卻十分親切。每每與其會談時，葛斯蒙教授總殷殷提供許多書單和建議，為我的博士論文計畫書增添全新視野。她的腦袋根本藏有圖書館資料庫，自動就能迸出合適的文獻幫助我釐清博士論文方向。即便我的思緒紊亂，葛斯蒙教授都能將我的想法化成具體，並且導引我到清晰的研究方向，寫出精準文字論證。更重要的是，葛斯蒙教授永遠正向又溫暖地鼓勵學生，讓身處異鄉的我深受感動。

除此之外，X大學圖書館收藏了豐富的相關研究參考文獻，圖書館的線上資料庫資源更讓我得以搜集到需要的最新期刊文章，對論文資料搜集上助益良多，我時常待在圖書館拚了命下載所有參考文獻。X大學裡，我的學門領域研究中心提供學生各種寶貴的體驗，能夠親自參與見識英國古代文化流傳至今的風貌。X大學為期一周的國際年會以及其各項文化活動所帶給學生的知性刺激更不在話下，學術年會期間近千場次的論文發表提供古代文史研究者跨領域跨時期的學術交流。除此之外，大會舉辦各種工藝工作坊提供人們親自體驗如何製作古時日常物件，像是陶土器皿、紡織或者手繪玻璃等工藝，另有古代戲劇表演供觀眾欣賞。學校廣場更擺起小攤位，傳授古代飲食文化知識。現場亦有全身盔甲的騎士表演武藝，以及宮廷活動獵鷹秀等各類文化知性和感官體驗，豐富多元，絕對是其他地方所無法比擬的學術活動，也因此讓學生深受西歐古代文史研究領域的精神感召。

抵達英國後，我檢視人生至目前所有歷經的旅外學術經驗，深刻發覺台灣學術圈對於年輕後輩研究者（博後、碩博生）的養成並不健全。一個好的研究型研究生必須花上至少十年光景從入門開始學習，直到熟悉如何找材料獨自分析題材進行研究。教育部常提倡育成（incubation），可是卻往往流於表面的、需合乎經濟效益的、速成的。在澳洲時，我看見整個系所如何鼓勵學生同儕討論合作、參與研討會，如何鼓勵學生和知名學者進行學術對談，如何鼓勵學生主持發行具審查制度的研究生學術期刊，而且期刊亦收錄在學術資料庫中。在英國也是如此。X大學的研究中心不但邀請博士生和年輕學者一齊籌備工作坊，針對他們的研究題目配合博物館的當月活動發表專題演講。但似乎沒聽說過台灣博士生誰可以獲邀發表獨立演講或者和市政府一起籌備量身訂做的活動。學術不是一潭死水，它必須被推廣至普羅大眾，像涓涓細流，以大家都聽得懂的方式，由研究者將活水新概念灌溉傳授給更多人。學術也是必須對談的，而不是關起門來自己說了算。

我在英國獲得從未預期的藝術與文化滋養，對於人文領域研究者而言，身心靈全然讓文化浸潤遠比任何事重要。每周至少一至兩個演講，每周末學校與市中心都有許多藝文活動，而沒有活動的星期天我總是出門散步探索異地日常好風光，或在百年傳統市集裡感受最地道的生鮮食材。

在這所頂尖大學修習期間，除了自己學術論文進度之外，學校國際學生處主辦的五周課程「約克郡就是你家」是一周裡我最期待的一件事。每周，課程設定一個主題，帶領我們這些國際生學習學術社交的說話技巧。我懂得了如何與英國人或者不同國家的同儕們相處，也因此可以更大膽在學術場合或者生活上表達自己的意見、尋求協助甚至學習如何抱怨與自己不同意見的事件。這門課程是為了幫助國際生能融入英國在地文化，明白獨特的文化潛規則。只是，短短五周課程後，我的同學們都不想離開教室，大家在這個國際學生團體裡找到了自信和歸屬感。在這裡，你不須擔心英文講得不英式或者表達不好。這是非常重要的事。生活在一個陌生的地方，卻覺得自己被人期待著；期待著見面，期待著聊著所有趣事，然後開開玩笑banter其他人（banter這字是我們學到非常英式的英文，意即開玩笑揶揄打屁）。期待著所有未來的可能。十分平凡，但是十分踏實。

課程結束後，我因此與來自馬來西亞的教育所博士生K，來自北京的心理所博士生倩，以及來自賽普勒斯的法學院碩士生X結交成為好友。我們交換語言，互學希臘文和臺語，交換不同文化之間的各種差異，如生活習慣與飲食等。能在異鄉結識心意相同的跨文化好朋友也是此次出國進修最大的收穫。

回國之後，按規定需繳交一份除了指導教授，幾乎不會有人閱讀的國家經費核銷結案報告。我在報告裡放入了發表的研討會論文、學術報告，以及所有跨文化撞擊之下，我的點滴文化觀察。放洋期間，我終於第一次嘗到自由的滋味。那是一個沒有人會因為我無法掌握研究議題而斥責打臉的地方，亦無須獲得任何恩准才能做自己喜愛的事物。那裡的師生學術會談親切且正向。我很珍惜好不容易得到高額補助，到英國留學整年的時光，因此，每一件在英國第一次嘗試的事我都細細紀錄著自己的心情，當下空氣的味道、天空的顏色。我像學步的小孩般，日日充滿踏出第一步的興奮與喜悅，哪怕只是再平常不過的事件，像是在學校圖書館借書閱讀、買菜、洗衣、學做飯、吃一頓飯、在雪地行走、看電影、看牙醫、一個人住在背包旅館、一個人旅行、與後院的貓玩耍，和鄰居老太太愜意談天……

這些才是真正的生活，無論居住在哪裡都一樣。放洋的孩子不是觀光客，不須到景點打卡拍照上傳社群網站炫耀，而是真真正正地用所有感官，用心感受著。當你記錄新的事物以及截然不同的心情體會，才能誠實地檢視自己。無論學識或者生活領域，旅居北英格蘭期間，我的眼前世界豁然開朗；彷彿正在過著全新生活，認識全新的自己。

僅短暫旅居將近一年，但位於北英格蘭這個充滿活力的城市成為我心裡最像家的地方。在那裡，我非常認真過著我的約克郡小日子，無論學術或日常生活。我將心遺留在這座城市，許久都沒有辦法回收。

3—5

倫敦地鐵，向左走向右走？

一直不清楚自己做錯什麼，英國歸國後，博士班第七年一開始，老師澈澈底底對我失望透頂。是否肇因於倫敦研討會上，我的學術表現讓特地飛到英國的女王失了面子呢？

睽違一年再度進宮面聖，我居然徹頭徹尾被女王教訓：從學業到人格，一無是處。她說我無心學術，沒有認真讀書做研究。她設下一個高聳的學術目標，要我到大學圖書館中，閱讀蒐集那些收藏於善本室裡的第一手史料，並且加以研究。但是沒有人教我如何解讀史料中奇形怪狀的文字，那並不是一時半刻就能學得來的專業能力。女王提及當年她在國外就讀博士班時，選修了這樣的課程，習得相關訓練。「可是老師，台灣就沒有這樣的課程教我如何破解這些古老文字啊。」其實，我心裡想說：「可是老師，您從來沒有教過我這些專業能力。」

當時，赴英國進行博士論文研究的回國倒數時限將近，女王也飛抵英國，準備在倫敦一場無比重要的年會發表她的學術論文。我自北方獨自搭乘火車南下到倫敦機場接機。闊別大半年再度見面，女王並沒有如我預期地給予任何好言好語，師徒之間隱約隔著一層緊繃空氣。也許，她以強硬姿態表達不知如何展現師徒久別重逢的情緒。果然，打從搭乘機場轉入市區的地鐵起，她開始數落我的諸般不是，我無言以對。好似長時間沒人能讓她在研究室痛快批判非難，聖怒無處發洩似的。那時，我才剛發表完的會議論文讓老師批評：「亂七八糟。」我的自尊無地自容，悲傷沒有出口。

倫敦年會上，老師對我百般挑剔，像是在會場期間見到那些我在博士論文裡大量引用其資料的學者們，卻因緊張而沒有辦法開口提問、像是我沒有在那些大學者面前好好表現一番、像是年會會後晚宴餐聚我沒有辦法進一步認識學者，取得日後合作聯繫云云。

「你看那個中國碩士生某某，這幾天不斷巴著我提問。人家才碩士班就開始部署博士論文計畫，等著回國後要跟他們系所提出申請，邀請我到他們大學演講。你呢？你不是很崇拜那位羅琳教授嗎？怎麼她演講時，你完全沒有舉手發問？」女王言下之意，大概是我的學術表現完全沒有展露積極強烈的狼性企圖心。

在倫敦四天期間，我們的摩擦已巨大到無以復加。會議倒數第二日結束後，老師與我各走各的，前後搭乘地鐵準備回到旅居住所。我們沒有交談。下班尖峰時刻過後地鐵乘客稀少，巨大沉默推擠師徒倆分別站立在相鄰的車廂。會議後舉辦了場酒會，空腹飲酒又借酒澆熄鬱悶尷尬的我步伐有些凌散，就連地鐵上西裝畢挺的上班族乘客都看得出我的蒼白面色。他問：「你還好嗎？」我說很好，只是找不到轉乘月台。素昧平生的路人看得出我不太好，但是我的指導教授只自顧自地走回旅宿。

進入旅宿房子後，她旋即回到自己房間，表示累了且關上燈休息。那時不過晚間七點餘，我們都沒有吃晚餐。我並不餓，卻只想離開那個地方，吹吹冷風平息自己的混亂。我拿走唯一一把門匙，背起隨身背包離開房子。偌大倫敦城，我不知該往何處去，想念北英格蘭住所的紅磚牆老房，想念每日來家裡後院拜訪療癒我支離破碎的心的長毛三花貓朋友，想來那裡已是我的家。沿著倫敦大街走著，一路晃蕩到泰晤士河畔，我坐在河畔一個小小花園讓泰晤士河冷風胡亂吹散頭髮和鬱悶，黑暗裡點燃一根菸，但什麼心願也沒有許。花園裡座椅一旁的倫敦大叔向我借了一根菸，我將整包贈與他。河畔待了好一下，才又沿著原路走回旅所。入門後，發現小廚房灶頭留了一鍋湯與紙條「我留了熱湯，若餓可食」。我沒有動手盛湯，卻和衣而臥，裹著薄毯蜷曲身體在客廳沙發，昏沉睡去。隔日，我們師徒依然沒有交談，早晨一同出門後便各自行動，避免衝突。

後來長達數年，我完全無法回憶起倫敦年會期間連鎖事件的細節，無法連接起散落在線性時間上的記憶碎片。那一周是記憶資料庫裡不願被想起的資料，一直被封鎖在記憶邊陲。但我清楚記得長年視為典範的指導教授在那場年會裡發表的那一篇令人失望的會議論文。大概不會有人膽敢向女王明確指出「你的會議論文實在不怎麼樣」；學術後輩們不敢，前輩們大可不必。女王總是人前謙遜人後批判，自鳴得意認為發表的文章獲得現場聽眾好評。可是，我也有眼睛耳朵，懂觀察悉批判，我是訓練有素通過博士資格考三道關卡，發表過好幾篇論文，參加過無數次學術會議的博士生呀。我能分辨得出該場會議裡，其他二位外國學者的會議論文遠比我們家師父的文章還要好上太多。來自澳洲的學者、土耳其學者、波蘭學者全都針對自己國家裡該學術領域的本土發展進行系統性的學理分析，為領域提供全新研究眼界。但我們師父居然只是將課堂上的授課內容以及我們這些學生們所繳交作業全數放入會議論文裡，作為數據報告。會場認識的同儕與我見狀簡直傻了眼。長年以來心裡對於老師的敬重就在那場會議瓦解；同時也發覺學術上的自己已然成長，已具備識讀能力，能夠批判自己老師的學術成果。

倫敦年會四天研討會結束後，我和女王拉著行李準備到巴斯度假。鋪著鵝卵石的上坡路不利於行李拖行，女王走得吃力。我接過她的行李，輕盈拖行。從維多利亞客運站直到抵達巴斯後的三天兩夜大概是我們師徒稍微停戰的短暫時光。座落亞芳河畔的巴斯小鎮，其久遠淵源的溫泉水與宜人的風稍稍弭平師徒冷戰。上車前，我在客運站買了一塊康瓦爾肉派，熱熱糊糊的內餡在時常有著糟糕天氣的英國能帶給我一種被接納的溫度，特別是與女王這樣緊張而糟糕的師徒關係時，康瓦爾肉派無疑是種救贖。老師買了三明治，是我不喜歡的蛋沙拉口味。在車上，我們和平地吃著食物閒聊學術圈裡的人。

那日，她沒有罵我，我們沒有吵架。

三日後，離開巴斯，我們一起搭火車走西線繞回約克郡。英國指導教授葛斯蒙老師在車站等我們。葛斯蒙教授與女王是好朋友（也因為這緣故，當初選學校時我從未考慮過X大學以外的學校，牛津劍橋聖安德魯斯云云）。提著行李準備搭公車回家前，葛斯蒙教授與女王分別抱了我一下，便各自離開。之後，我們再也沒有好好說過話，我傳給老師的通訊軟體訊息亦沒有被讀取。

回國後的第一場國內學會年會裡，她在我準備發表會議論文前一刻，當著我的面，臉眼皺成一團嫌惡地表示：「你問那個問題簡直給學界蒙羞！」只因我在一場主題演講會後，對那名鼓勵年輕學者多多進行學術交流的重量級美國教授舉手發問：「請問教授，關於您提及的學術交流機會，是否也能延攬我們博士生，或者鼓勵剛拿到學位的新科博士到貴單位進行跨國研究計畫合作呢？」坐在我一旁的學界熟識教授F猛點頭同意我的發問有理。但老師卻訓斥我的問題顯露質疑台灣學術圈沒有提供年輕學者機會，簡直給全台灣學界丟臉。

也許是，也許否。但在我身上，我只看見若干年來機會能被允諾，也能輕易奪走。女王甚至領著入門後接替我的教學助理工作的小師弟，到那名美國教授面前寒暄拜碼頭，刻意放大忽視站在一旁亦準備與美國學者交談的我，將她的博士生大弟子晾在一旁。老師手段實在高端。好吧，我給學界蒙羞。

這樣的難堪直到回台灣將近四年後，我從博士班退學。

她說「你的能力就到這裡了」。在學術造物主面前，我猶如收到死刑執行通知，一切戛然而止。是那麼震撼，如此愕然，猶如讓盛怒中的上主閃電給劈倒的高塔。到頭來，是否僅因為我是狂傲乖張的浪花，終究要在浪頭上撞個粉碎？是不是因為我總不能遵照老師的指示做人、做事、做學問？是否我的學術表現就那樣差勁呢？經年以來，指導教授於我是啟發開創知性、學養、人生哲學等一切至高無上的導師。當她宣判「你的能力就到這裡了」，我的腦裡反覆出現書本裡引述聖經那句話，好似「我就只能到這裡，不得逾越」。能力不及完成博士論文所有章節，不值獲頒文憑，或者我就是個只會蒙羞台灣學界的博士生。

真的不甘心。

最後，我的十年學術歷程，就停在這裡了。

我選擇了自己畫下句點，獨自走完學校行政程序辦理「退學」離校手續。陪伴十年寸不離身的那張學生證，紅紅鋼印蓋上「已離校」。一切作廢。至少，我不是被動讓學校以修業年滿規定勒令退學，而是自願放棄學業。話又說回來，離屆滿十年修業年限也只差三個月，有何之別？三個月之中，真能順利召開博士論文計畫綱要口試、取得博士候選人資格？能完成第二章後半部、第三章、結論，順利通過論文編修，並且聯絡校外委員舉行論文口試？

「你還差得遠呢！」

所有一切一開始都不是這樣的。就好像投資有風險，資金有賺有賠；但博士班這個投資大概讓我慘賠，輸得脫褲。不甘心，但走上這條險路，還能有其他辦法嗎？人說「十年磨一劍」，我不確定自己究竟是否真為一把劍亦是一根鐵杵？磨煉鍛造，刻蝕的過程卻如此真實地疼痛。肉做的軀體，當然會痛。只是，我不斷問自己，這些學術經驗真的是自己喜歡做的事嗎？倘若就學期間歷經無數次的迷失、極度苦痛，卻還能因為學問迷人的力量而快樂，那麼有沒有那一紙博士文憑並不重要。是這樣嗎？

至今，我依然努力找尋問題的答案，依然盡全力治癒自己的傷痛。

用盡一切耕耘學問，長年以來小小世界關注的從來都只有自己專業領域，為的就是最後那一紙畢業證書，為了證明自己能繼承指導教授衣缽繼續傳遞學問。

但最後女王永遠認定了我就是不到位、不是這塊料、不知道在幹什麼？

「你要拿到博士學位？我看還差得遠呢。就算被你撈到了博士學位，你也不會成為一位學者。」女王的刀刀見骨，殘忍的重話仍言猶在耳，無論任何方面，我都差得遠。

當初倫敦地鐵上，我們師徒各自站在分別的車廂內，列車到站後，我們分別向左與右離開車廂。想來，世間萬物及其關係之始，都是如畫如織；所有關係盡頭，有時殘忍到不忍卒睹，不堪入目。

如同列車到站，必須離去，向左走、向右走都行。總之路是人走出來的。

輯四／

友多聞

4—1

沒有人是座孤島

研究所長長、狹窄的象牙塔年歲裡，我有一群志同道合好夥伴師兄姐妹們，陪著我因學問而笑，伴著我因挨罵而哭，一起在茫茫學海中循著偉大航道，航向瑰寶拜占庭。「沒有人是座孤島，孤立於世，每人都是洲際一吋，本土一分」，英國玄學主義詩人約翰·鄧恩如此寫道。此詩描述緊密聯繫的人際網絡，於我們師門更可見一斑。慶幸最糟的時刻總有他們陪著，使我心理狀態不至於崩落瓦解。

霸氣十足的指導教授女王，其師門有時讓我們這群入門弟子戲稱「古墓派」，冰清又玉潔，不與世俗同流，武功亦獨步天下，堪稱高手高手高高手。

我們師父於敝校研究所門下一共七代傳人，歷時二十餘載，七代學生總和不及系上其他熱門教授一屆收的學生多。第一代年代已久，聽說是兩名師姐；一位順利畢業，另一位則在論文口試時中箭落馬。間隔多年後，第二代掌門大弟子即大師兄葛福瑞、大師姐秀娥，另有鮮少出現的二師姐喬芮。第三代僅三師姐康絲坦與我，接著是仙女師妹獨撐第四代。第五代人數最為眾多，志柔、諮穎、天兵學妹郎娃。第六代孤傳師弟梅洛溫，是一位自大學部一路順利往上就讀的金童。最後一代弟子則有被女王批得一文不值的小學妹，以及集三千寵愛於一身的金孫小學弟。

大抵而言，「古墓派」師門中，第二至第五代眾師兄姐弟妹相親又相愛，合作樂無間。其餘之人不在我的取暖同溫層裡。博士班初期，我們一群研究生共同熬過那學術活動最多的艱辛時光，有人一起奮鬥一同打拚，吐苦水兼八卦學術圈內幕。對外，我們是國外教授口中的F5，驚奇五人組，無所不能謙遜有禮的小幫手。古墓裡的活死人日子倒也格外令人珍惜這段真摯單純的同窗情誼，沒有人是座孤島，大家相互扶持。

葛福瑞大師兄與諮穎學妹和我最為合拍，情比姐妹深。打從碩班時期，大師兄交棒於我教學助理頭銜，我就成了大師兄欽點的接班小師妹，時常請教師兄學術基本功，或者更多時候學術八卦小道消息交換。完成碩士學位後，大師兄服完兵役，考取另一所頂尖國立大學同領域博士班，再度回到學術圈。想當然，我們古墓派掌門師父女王殿下，自然有話：

「葛福瑞一心嚮往S教授，可惜了，人家準備退休去。他到Y校去讀博士班根本找不到指導教授。真笨啊，怎麼沒想過留下來呢？」

「福瑞就是要當孝子，搬回家照顧老父母還得兼顧家中店鋪生意，這樣怎能靜下心讀書呢？」老師沒說出口的，大概是「要是葛福瑞能留下來跟我寫博士論文（幫我做事）該有多好」。

大師兄為人木訥內斂，行事穩重，老師非常仰賴大師兄在研究室裡幫忙處理計畫案等行政工作。大師兄當兵期間，或偶爾因故無法出席我們研究學會國際研討會擔任學會助理，老師會請康絲坦三師姐幫忙代打大師兄學會助理職責，負責抓著學會會員教授們催繳會費、開收據，以及協助會員大會會議流程等事務。在師父眼裡，大師兄永遠都會是重要的學會助理，永遠那麼令人信賴。爾後大師兄因家中因素無法如願完成博士學位，老師與學會裡的大人物們依舊仰賴其協助研究學會的業務運作。儘管如此肩扛重責，身為助理之人好像就只有行政業務運作是受到大人們的仰賴與讚賞，更大因素莫過於學生助理根本是廉價勞工，耐操便宜又有擋頭；領微薄時薪卻專責專任助理工作，二十四小時隨傳隨到而且無須加班費。女王就經常人前笑言我們這些學生助理「非常有用，又能隨手拋棄」。

是的，學生助理如同一雙免洗筷，用餐吃便當時十分重要，卻用完就丟。

普遍而言，人文學科領域研究生們極少能聽見學術研究方面的讚賞，例如「哎呀，葛福瑞最近探討某某議題的那篇研究論文獲得大量關注」、「柯曦答要不要來給我們大學部同學一個演講，發表你最近的研究成果呢？」……免肖想了，這種事鮮少發生。

大師兄與我，咱倆師兄妹學術武林中並肩作戰浪跡天涯，扛著台灣人文領域研究招牌，行跡踏遍南半球與北半球，發表會議論文，積極參與國際學術活動。我們還曾進行一趟學術朝聖之旅，致敬史籍中崇拜已久的大作家們。然而，一身所學並未受到學界大力提攜與關注，不若國外同儕。大師兄受邀發表過唯一一場議題新鮮有趣的學術演講，但主辦邀請單位並非女王教授這般大人物，或者他心目中的學術偶像S教授，而是畢業多年後任職校內教學中心助理的碩士班老同學。同樣情況於我亦如是。檢視至今我所有發表的演講，都是來自已進階升等成為助理教授的研究所同學們的邀請。

想來格外感慨，手頭握有各項資源的大人物們往往吝於提供，偶有奇蹟也僅是施捨，且成果有時還理所當然地讓人免費整碗捧走。又要馬兒好，又不給馬吃草。葛福瑞大師兄時常引用宮廷劇裡的台詞，「朕沒給的，你不能要」。這話另一層道理便是：自己要的資源必須自己想辦法。人際網絡裡，沒有人是座孤島。

在那座高聳入雲的學術象牙塔之島中，往往仰仗人際關係，相互取暖、拉拔，或者相互排擠。至少，我慶幸有一小群志同道合的學術圈好友，我們在自己小小島嶼上開疆拓土，彼此端出自己島嶼長成的豐收，慷慨分享。

4—2

免費的餽贈最貴

「朕沒給的，你不能要。」而朕給予的當然隨時可收回。

研究所長年經歷中，我時常想到老師反覆提起的那句關於「不問不求」的禪學哲理，將這道理運用在過往事件賽後檢討，才發現自己人性弱點——七宗罪之首：貪婪。不問不求，不要向人要求任何事物，就算是免費餽贈也萬不可輕易接受。有時，免費的往往最貴；收到從天下掉下來的禮物也許必須付出更多代價。學術單位看似時常提供免費午餐、供給無限量物質資源，但哪有午餐是免費的呢？

記得女王新獲得大筆科技部專題研究計畫經費的那年，她要我幫忙編列設備預算，以購買平板電腦為優先，刪除紙本圖書經費。為什麼好不容易得到的研究經費不採購國內買不到的專書呢？老師的理由是「平板電腦能下載電子書，環保又節能減碳」、「冷門領域原文書收放在圖書館沒有人閱讀」、「編列書單有多繁碎，你知道嗎?!」弔詭的是，女王前個科技部計畫早就獲得一台嶄新平板電腦，且是有門號能上網的最新版本。新申請通過的計畫經費居然又要買平板電腦（申請書上依然號稱能下載電子書，符合環保效益）。

有日，女王慈愛和藹地望著正在工作中的我和小師妹，提議道：「曦答啊，我看你那台自己買的平板也舊了吧，要不要就便宜賣給學妹啊？老師科技部新申請來的這台給你（這位研究計畫助理）使用。」

哇，多麼棒的誘因，能獲得新的平板電腦！於是，少不更事如我，把自己積攢好段時間才購得的平板無償送給學妹，自己滿心歡喜準備接受免費大禮。女王要我在研究中心帳冊上明載「柯曦答捐贈五千元給中心」。意即：二手平板價為五千，贈送學妹即是將看不見的錢贈與敝研究中心。當時喜獲嶄新平板電腦的我哪裡想那麼多呢？貼有學校財產條的平板電腦成了我的囊中物，以舊換新，多好！它成了伴隨我遠赴英國進行博士論文研究的忠實夥伴。只是，當時的免費午餐，數年後，我付出偌大代價。

一次與女王進行論文會晤時，她問：「你那台平板還有在使用嗎？」語氣彷彿只是順帶一提，不重要的小事。「有啊，我日日使用著呢。」我絲毫沒有意會老師問題背後的動機。

「喔，是嗎？我想拿回來耶，你整理一下，還原系統還給我吧。」女王根本不在意我是否日常珍惜著使用。

「可是老師，很久以前你不是說我把我的平板送給學妹，這台以經費購買的平板是給我的嗎？」聽見女王要收回使用多年的平板電腦，我大吃一驚，非常難受，囁嚅地發問。

「當時你自己那台平板是你自己要送給學妹的啊！不高興的話，你去跟她要回你的舊平板。別忘了你現在使用的這台是我們科技部經費財產，貼有學校財產條。」

我無話可說，是啊，這台當初用研究計畫經費購來的設備的確是公物，只是女王未曾將財產條黏貼在這些電子設備上。我想，這無疑是方便設備轉移的便宜行事之道。學妹平白無故獲得我的贈與，而我卻賠了夫人又折兵。舊平板讓人設局要走，沒了。使用多年，陪我浪跡天涯的新平板被召回，真的不甘心！接收施予之恩惠往往必須是「有福之人」，有福不外乎言聽計從，乖乖的就給你一個紅包。但我的福分已經透支用盡，或者，這是給貪小便宜趨炎附勢的我的一個教訓。

另一次福分收回是工讀金。女王向學術單位爭取一份撰稿工讀機會，整年所得總計一萬六千元，我必須整理龐雜資料，一個字一個詞地撰寫網頁介紹文。與老師關係僵化之後，女王要我領出工讀金分一半給小師弟。僅一句話便收回應允：「你看看你寫那什麼東西？我讓學弟幫你潤稿了。」什麼?!明明刊在網頁的文章並沒有太多更動，結構、文字甚至修辭全都出自我之手。是不是修改幾個標點符號，調動幾個句子就能交代工作平均分配給兩位工讀生，雨露均霑？當時我真的非常憤怒，憑什麼一句話就奪走我工作一年來一半的工讀金？但學術圈權力關係如此不對等，我能說什麼？機會與資源隨時能被允諾，隨時都可回收再製，贈與受寵之人，這次是乖巧聽話的新進小師弟。

遭到收回的免費餽贈，除了平板以外，還有老師研究室鑰匙。自碩士班起將近十年的這些日子，女王將她研究室鑰匙交付給我，我能自由進出教授研究室。這事讓系上其他老師看在眼裡，質疑學生怎能如此享有「特權」。後來，我的「特權」被女王收回；女王責備學生不得隨意進出她的研究室，那是老師私人研究室，不是你的。長達半年的時間，我是沒有老師研究室鑰匙的教學助理，需要鑰匙進入老師研究室處理行政與教學事務時，我必須到系辦填表借用，且得到老師允許，方能進入。爾後，再度贏回特權領回鑰匙，我才學到這事件背後的深層意義。鑰匙，從來就不只是打開門鎖的工具，而是進入應允領域的象徵。想想宗教典故中，讓基督交付天國鑰匙的彼得，只有全然執行上層意志，服從之人才有福。

然而，我們僅是凡人，意志不若磐石，信仰不夠堅貞。女王與其研究室並非神聖應允之地，我們大多貪婪善妒驕傲易怒。給出的承諾能輕易否定，得勢或者失去也是人間尋常。

離開台灣赴英留學期間，女王告訴我，她讓小師弟自由進出她的研究室，小師弟晚上就在研究室念書做事、使用微波爐加熱食物。我見著學弟發文上傳深夜一個人的教授研究室使用實況。當她告訴我這件事時，我想，女王只是想從我的回應聽出任何象徵失勢的語氣與心思。我只是淡淡地說，我覺得很驚訝。

免費的餽贈牽扯權力糾葛、政治角力，有時僅是人性試煉。貪小便宜，樂於接受而毫無付出，這些往往顯示人性弱點。一顆饅頭一塊錢，兩顆兩塊錢，三顆饅頭不用錢。故事裡，接受三顆饅頭餽贈的人群絡繹不絕，畢竟是人性啊。我想，我也曾是排在長長隊伍，等著接受免費餽贈的其中一人。

有時想起彷彿一個世紀以前存在過，那舒適的研究中心辦公室、女王研究室象徵的神聖特權，對照後來離開學術圈，終於學會不問不求，豁然開朗的心境。好似古時傳奇故事裡的主角們，每個人都是在一個人出走的路上才能遇見奇景。時而跌撞得傷痕累累，時而悲喜交加，總之都是出走人際權力角力場之後的領略。

無論老師如何展現費解的試煉，反求諸己。一切的一切不是被給予施捨而來，也不須開口詢求恩惠。自己要的午餐，自己掙便是。

4—3

貼身侍女

女王的研究中心成立之始，組織配置標示一名中心主任、數名人文科學院裡各系所找來的委員教授們，兼聘有兩名兼任助理：康絲坦三師姐與我。而我倆也是女王宮廷裡的貼身侍女，服侍主子時間最久，忠心最赤誠一片。

主辦國際研討會時，我倆順理成章成了對外聯絡人。當時，三師姐碩士論文還未能完成，卻已達碩士班修業年限最後一年，而晚她一屆的我已經升上博一。我想她一定焦慮不已，但是從不表露內心情緒，相較害羞的康絲坦師姐什麼也沒說，逢人問起只一派輕鬆地答「正在努力中」。

女王師父極度仰賴三師姐的工作能力，認定她是一名優秀的辦公室助理，不若柯曦答桀驁散漫又愛頂嘴。由於已達休業年限最後學年，康絲坦師姐遂搬回家專心寫論文。但女王仍要求其每周二至三天通勤往返學校與其中部家中。三師姐答應了，通勤期間亦不減專業的助理本色，將公事帳務處理妥帖。

有日我在網路搜尋研究中心相關事務時，偶然搜尋到康絲坦以日文撰寫的祕密部落格。非常驚訝平時最聽話，永遠達成老師期望做事，總是乖順的康絲坦師姐居然偷偷使用日文咒罵我們偉大的師父，暗暗祈禱何時才能結束這段往返學校與住家，長達兩個多小時的通勤地獄呢？

我太驚訝了，像打開潘朵拉盒子！三師姐從不跟我們吐露任何一點負面情緒，總是安分守己。沒料到盒子打開後，所有的怨懟、苦悶、憂愁，甚至惡毒全都飛散出來；趕緊闔上盒子，留下最後「希望」。幸好，康絲坦三師姐仍是我們師兄姐妹們的希望。僵持冷戰期間，老師不願與我交談時，三師姐總是那位打圓場緩解僵局之人，以大姐之姿照顧師妹們。當我們總算忙完長達數個月地獄般的國際研討會主辦後，又過了半學期，康絲坦師姐終於順利完成碩士論文，提出口試申請，普天同慶，女王卻憂慮流失一名得力助手。

在師父心裡，大概只有康絲坦師姐才是能拿出來說嘴的得意門生。縱使三師姐學業表現未曾豐厚，是我們古墓派師兄妹之中花費最多年限之人，但她的專業助理性格贏得老師敬重。即使三師姐已畢業離校返鄉工作，偶有熟識國際學者抵台交流訪問，女王還是會請她特地幫忙開車接送學者；欲聯繫我們所有門下弟子時，女王都會透過康絲坦三師姐傳遞消息，而不選擇最簡便通訊軟體的群組功能。我始終不明白這樣的邏輯。

總之必須有一人要最乖最聽話。三師姐就是女王的意志展現。

終於，長長年歲流轉，學生來了又離去。女王研究室只剩下我這博士生和老師。師徒關係，六成緊繃，四成和睦。僅一小段時光是記憶裡僅存的和平。沒有嚴厲教訓指責我時，女王也曾於我疼愛有加，真心要培養我成為能獨當一面繼承衣缽的徒兒。有次女王受邀到外縣市某大學教授暑期密集專業課程，那時我也在同校選修另一門古代專業課程。異鄉裡，覺得有強而有力的師父當靠山是件令人安心的事。午休期間，女王會在老師休息室等我課程下課，師徒一起午餐，然後我到她的班上自願擔任助教跟課。下了課，我們愉快地在校園漫步，邊走邊聊，描繪著學術圈裡無邊際的夢想，計畫案、赴巴黎移地研究、繼承衣缽在大學教書云云。而後伴隨回家的人群，搭大眾交通工具到市區晚餐。飽飯後，再到百貨公司內散步一圈，開心吃甜點。

女王形容我如同古時「貼身侍女」：「如果有一天女王出嫁，你也得陪嫁的。」我心裡感動到亂七八糟。這麼多年，我從一個剛入門的小門徒，其間歷經無數次與師父衝突，掉落數不盡公斤的淚水；此時居然能和女王對等地談論學問，替她帶領學生學習指導論文。後來，我的古代語文念得比老師還要好了呢。這段時光僅是師徒日常瑣碎一幕，我比誰都還要珍惜得來不易的平凡的師徒時光。

之後這樣的日子再也不復見，全被鎖進大腦深處記憶資料夾，想起便心碎。貼身侍女等級再高，生活舒適或險惡，終有一日還是必須離開宮廷。但我們終於無須受限於人，獲得自由。

4—4

我沒有想跟你聊聊的意思

通過重重關卡錄取進入象牙塔，就讀研究所之人百百款。有些人畢了業不知下一步如何走，考研究所讀博士班便是。有些人清楚明白自己志向，欲探究高深知識，因此學業一路向上。有些為了往後仕途順遂，有些為著加薪，亦有些人貪圖名號動聽，像是「某某博士」、「某某教授」稱號絕對比先生女士還要威猛。儘管動機不同，進入研究所領域的多數人多是絕頂聰明，同儕競爭，暗藏角力。

聰明，並非一定指涉高智商。聰明的研究生，不見得能順利畢業，取得專任教職成為在學院裡任教的教授。反之，取得教職，成為助理教授的博士畢業生並不代表就是一位合格的研究者。一位師長甚至表示「聰明的人根本不想進這個圈子報考博士班」。

真正聰明的研究生是識時務、懂變通之人，知道該以什麼方式爭取屬於自己的權利，以達自己目標，換取最高效益。「Be smart !」老師經常提起這句話來訓斥我不夠聰明。當時的我天真地抗辯老師這番評價，應喙應舌，自認聰明不凡。哎，我根本是個大笨蛋，哪裡聰明了？我就連自己的學生受教權益都無法捍衛了，一點時務也看不清。朋友們戲稱古代文史一姐柯曦答，十年來一路最被師長看好，然後博士之路卻跌個狗吃屎。

若能學學博士班學長姐曾經的典範就好了。

某日，校園附近遇見一位最不想碰見的博班學長D。透過社群網站數據擴散，大部分朋友和同行都知道我自博士班退學之事。D學長問著我：「最近還好嗎？論文寫得怎麼樣了？」語氣曖昧又隱晦，表情像是遇見八卦，見獵心喜。我實在沒有想與你聊聊的意思，但我讀出他最想知道的八卦，於是直接了當，把話說開：「我想你應該有聽說，我退學了。」

而今已是助理教授的D學長是我最不想碰見的人之一。世界上怎麼會有這麼混卻又如此狗屎運之人。D的學術表現與歷程誇張又荒謬，令人瞠目結舌。他的碩士論文原本無法通過其指導教授標準，但當時指導教授忙於離台無暇兼顧，於是草草了事蓋章通過。D考博班那年只有兩位考生，僅錄取一人，D是備取，結果正取生考上另一間更好的學校，索性放棄入學，D於是成為當屆唯一博士生。

後來，我成為D的學妹，一起修課之後我知道D學長的學術表現實在是公認的差強人意。但他實在聰明，聰明在識時務，懂得該如何死纏爛打爭取權益。因此，當D的博士資格考兩次都考不過時，學長居然爭取到史上不曾見過的開例第三次考試；當系上所有教授都不願意指導他時，他還能拗到某教授收其為徒，讓整個系都幫助他過關斬將拿到學位。即便學長供在學校圖書館館藏架上的博士論文僅薄薄一本，沒有最新最當紅的理論基礎，沒有扎實深厚的文獻回顧，比碩士生都薄弱的論證法，老調重彈的研究論點，但人家就是能畢業。D學長實在厲害，實在聰明啊！世界無奇不有，命運如此不公。對方這樣德行都拿到學位了，而我卻沒有。我就是不懂得捍衛自己，尋求體制更高一層協助，或者讓整個系來幫助我這學海迷途的弱勢學生。

好事不出門，壞事傳千里。退學那年稍晚，自己有篇會議論文已被接受準備發表。退學後，好像有沒有發表會議論文都無所謂了，我不會因此而獲頒博士學位，或者升等為助理教授。與研討會主辦師長討論過後，我撤回論文發表，先以照顧身心為重，避免在學術場合遇見重要大人物女王，避免必須一一向十年來所有認識的師長們尷尬解釋自己的窘狀。這樣的心情好似過年時，必須向一年僅見一次面的親戚解釋為何自己被裁員。

這場研討會前的某日，新科博士金童林大衛傳來社群網站站內訊息，問我：「嗨，最近還好嗎？又到了學會年會的時候，但今年莫名厭世，我可能不會去。你有要去嗎？」

學術金童林大衛與我結識在同領域某一年的學會年會，他與我不僅同領域，研究議題還相似，就連論文研究方法都幾乎一模一樣；我們參考同一位美國學者的最新理論分析古代史料文獻。因此，該年研討會後我們熱切地交換學術成果，宛如一見如故，且閒聊抱怨博士論文和學術生活。我們答應對方要保持聯絡，互通學術有無。我（天真地）以為我們是朋友，但學術圈沒有朋友。直到一而再地背後被學術「朋友」捅刀，我學到血淋淋教訓。

一陣子後，林大衛拿到學位了，而我還在載浮載沉。又過了好長一陣子，研討會上再度碰面，林大衛已榮升助理教授。他使用一樣的研究方法發表一篇會議論文，卻當場讓一位資深教授挑出論述諸多瑕疵。看似謙卑接受指教，林大衛其實是位敷衍虛偽的人。又過了陣子，耳聞林大衛拿到終身職助理教授職缺，在一所重點大學任教。該教職便是我的指導教授女王所審核推薦的。

我的耳聞何來呢？因老師與我論文會晤時提到這件事。她不斷重提對方的博士論文研究方法和我的吻合。我不知道老師用意，但相同研究方法，對方完成博士論文了，而我總是被電這裡不行那裡也不通。我聽過林大衛的會議論文兩次，閱讀過他的博論（擔任林大衛應聘評審委員的女王私下轉寄他的博論給我）。我知道我的研究方法是正確的，但女王就是覺得我不行。她審過了林大衛的教職，但她判了我的博論死刑。最終，我申請退學。

想來，林大衛也是另一位絕頂聰明的博士研究生。也許對他而言，學術社交場合、交談的同儕、交換的情報，這些通通都具實際目的性。能幫助自己達成目的，交談的內容才會成為有用的情報。同儕，無非是學術社交場合裡交換場面話，萍水相逢之人；我們不必知道對方一路跌撞受過的傷，無須互道恭喜彼此成就。多了，便是情緒壓力。

看吧，我就說自己實在笨啊！林大衛就是識時務，知道沒有任何事比順利畢業、尋求專任教職、累積點數發表論文拚升等還要重要。往上攀升的過程中，誰跟你培養同儕情感？誰有時間社交哈拉？汲汲營營將氣力投注專一正確的賭注，贏得該有的成果，這才是聰明的投資啊。研究所，特別是博士班裡，這樣的人還真不少。

聰明又孤高的C博士又是另一例證。

優秀的青年學者C博士與我同屆，曾和我在某堂課上是同班同學。不過，父母親皆為教授的他從不與我們交談，每次上課，經常擺出不可一世狀。幾年後，研討會上幾次聽過他的論文發表，生澀艱僻，令人費解。

某次，一場學術研討會結束前，位高權重的女王特地邀請當時正在國外從事博士後研究的C上台接受表揚。女王笑容滿面地吹捧這人的學經歷背景：「C一路受到學會的栽培照顧，是我們學會的產出物。後來到國外攻讀博士班，得到全額獎學金，然後完成博士論文拿到學位，現在在Z大做博士後研究。他從小便在我們校園備受呵護長大，算是我們從小看著長大的孩子，校園裡的某某還是他的乾爹。碩士論文口試裡，我也在那兒呢。」

「而且據說等你回來，M大學已經幫你保留一個位置了。」神采飛揚的女王繼續表彰這位學會之光。

表揚大會前的介紹結束，女王說：「人家C是真的有完成博士論文，不像某個小姐論文消失了，連個博士論文都拿不出來。」

「是，是，我真的有完成博士論文，有證書可以公開給大家看。」笑得靦腆的青年學者C博士穿著與他的年紀不相稱，過於寬大老氣皺巴巴的黑西裝，乖順回應女王的恭維。

底下聽眾笑成一片。研討會小插曲既諷刺當時沸沸揚揚的政治時事，也或許暗諷拿不出論文的我就是那個「拿不出博士論文的小姐」？不清楚大家的笑點是因為「消失的論文」整件事的荒謬性，還是笑著「某小姐拿不出論文」？研討會結束後，我與一位相識的同行面面相覷，久久無語。

總之，研討會上，女王與我師徒二人幾乎無交集。即便偶一交談，旁人都能清楚見識老師對待我的疾言厲色，同行偷偷問我：「為什麼你們老師對你講話都那麼不客氣？」

遇見這樣的問題，我總回答，或許我達不到她的期待，讓她失望。那段日子裡，時常一次次問著自己「為什麼是我？」時常憤恨為什麼我的境遇這般不堪？

退學之後，經歷一陣子身心排毒，現在我終於找到答案了。

人生如此苦痛，世界如此殘酷。Be smart！聰明之人，並非智力高人一等，亦非功利地識時務，而是學習認清現實，認識真實自我，並且當機立斷。該斷的那些有毒的人際關係，切啦切啦，就別費心交際了。

困頓時，我總想起西元六世紀因政治鬥爭而入獄受死，羅馬哲學家博依賽斯（Boethius）以及其作品《哲學的慰藉》（The Consolation of Philosophy）。世事無常更迭裡，何謂真正的至高無上的快樂？一直調整自己從博依賽斯哲學角度看待自己自博士班離去。生命境遇本身即是一堂艱深的哲學課。事實上，我那夭折的博士論文與現實生活緊密相扣，我用自己的生命故事寫著無須被人認可的論文。物質現象世界是人世間最大限制，唯有超脫它，才能獲得至高的快樂。

也許，聰明才智、諸般頭銜、學術功名、現世成就等等都是限制。人性枷鎖短暫且虛妄。也許，沒有什麼是博依賽斯所謂的「至高的快樂」。萬事萬物最後，每個人都只剩下自己。有的，也只是學習如何與自己和平相處，且不麻煩社會。

「Sed medicinae... tempus est quam querelae.」比起抱怨，時間就是解藥。博依賽斯書裡的哲學女神如是說。

4—5

大師大仙如是說

長年承受女王各種試煉煎熬，總想獲得老師認可，極度渴望平和對話，我試過各式方法改變自己，像是運動或閱讀正念書籍，試著讓自己學業表現與處事態度更好，讓自己身心巨大壓力能得到些許緩解，但事與願違。

溺水之人越是掙扎，越萬劫不復。女王與我，師徒間的隔閡已然斷裂成一道深深的峽灣，厚厚冰雪覆蓋了彼此內心深處對於對方的最後一點僅存關懷。

許多人在迷惘困惑，不知何去何從時，很自然地便尋求傳統超自然力量幫助，希望藉由至高無上的神力加持度過難關。借助宗教神靈現象千年以來未曾改變，我是不是也應該抱抱佛腳，借助神之力好跨越障礙？

早年受洗為基督徒的我極少遵循基督兒女應服膺的所有準則。掙扎在老師一次次無情批判裡，終於想起禱告。我祈求主能應允小女子足夠勇氣，好承擔所有我必須面對的不勇敢，得以跨越那道永遠跨不過的檻，面對獅子吼時也無畏縮。不知道神聽見我的祈禱了嗎？為什麼我依然驚惶呢？

身旁親友們建議我去廟宇參拜文昌帝君，祈求讓徬徨無助的我能順利畢業。走訪幾處興盛的文昌帝君，祈來的文昌筆幾乎能塞滿半個筆筒，但我的心還是懸在半空，總是焦慮難安，反覆地躁動與鬱悶交替折磨。那些染了紅硃砂的文昌筆們最後都成了作畫時試顏料的畫筆，想來文昌帝君若知悉，大概也感念這孩子至少惜福不浪費。

有次爸媽準備到多年老友傅伯家為神明祝壽，傅伯是道教系統裡三星道祖乩身，通曉神語，上知天文。爸媽邀我一同前往，說是「反正問問也無妨，看看道祖對於你的博士學業有什麼指示」。我答應了，十分好奇道教系統裡的神明問事會怎麼幫助我度過難關呢？

抵達傅伯家後，彪形大漢似的伯父先是煮水泡茶，與我家爹娘話家常，接著起身點燃三炷香向他的主神虔誠敬拜，然後靜默了一會，一瞬間進入禪定狀態。

「你喔，很聰明，適合讀這一途，但道祖指示你的博士學業就卡在人事。你們那個老師厚，金變態！」緩緩睜開雙眼，傅伯對著我開口道神諭。

傳伯才說完，爸媽與我全笑了出來，此話像是一種正義的宣張，總算有人（神）仗義直言，揭示我心裡從未膽敢說出口的話。Divine justice。

話沒再多說，只見傅伯起身取來毛筆與紅紙，忙不迭地在神桌前畫了好幾道平安符，點燃一張在我前胸後背化開來，第二張放置背包隨身攜帶。第三張帶回家，重要事件之前（像是與老師論文會晤）燃燒後化在水裡喝三口。我們按照吩咐照辦。幾日後，媽媽撥來電話問：「感覺甘嘸差？」不知道欸，符水喝完後似乎沒有任何打通任督二脈的感覺。面對女王尖銳批評時，我的淚水比起神明符水顯得更有力道，以淚水為墨，使用文昌筆蘸之書寫，記錄茫茫人間事大概不賴。

人間困頓，神明也無能為力。

修業年限最後一年，初春，整本論文改來改去女王就是有意見，每修改一個版本，就會生出無限個新批判，像極了希臘神話裡的九頭龍，每砍一顆龍頭就會衍生兩個新長出的恐怖頭顱，齜牙咧嘴吐信。於是，爸媽又打聽到另一位隱居南部鄉野的高人，通曉紫微斗數，亦為神明乩身，服務過眾多顯要。學業最後一年，苦無辦法下，我們又再度求神問卦指點迷津。

清晨天未亮，宛若虔誠進香團，一夥人驅車前往南部鄉間一處導航不到的隱蔽宮廟。高人現身時一派仙風道骨，慈眉善目。高人為關聖帝君服務眾生，問事時與傅伯一樣禪定閉目，點頭搖頭，嘴唇微微顫動好似正與他的老闆交談請示中。

一會兒，高人睜開眼，微笑闡釋全新一則神諭：「剛剛懇請帝君查了一下你的資料，祂讚許你這學生天資聰穎，學問高，質地優秀是一塊好料。可是怎麼會跟這個老師求學做事呢？」高人和藹地望著我，眼神並不銳利，卻穿透我的心思。

「你實在跟錯老師了！你們老師為人惡劣，沒有什麼長處，而且做事很隨便。你的博士學位卡關之處屬人為之事，動彈不得，難辦啊，難辦！」

高人沒有篤定說我一定會或不會拿到學位，只表示今年機會很大，但是卡在老師所以很難，要我萬不能拖過五月。時機很重要，五月之後就無力回天。

聽見高人一番開釋話語，我非常震驚。要是說「老師為人惡劣」，那麼從她總總苛刻責難尚能理解神明為何如此斷言。然而「沒有長處」與「做事隨便」二句呢？

我思考許久，回想起她的所有課程、近年學術發表，突然就明白關聖帝君的意思。學術發表跌落（我心目中的）神壇這事已在先前的倫敦年會得到驗證。課程方面，查詢女王近年課程大綱，前萬年教學助理如我發現課程大綱內容幾乎都是複製貼上前一輪開授過的課程，鮮少改變。就算課程名稱改變了，課程大綱仍換湯不換藥。當然這種現象並非只有她，許多大學教授都是如此，年復一年地教授著重要卻沒有活水的內容。新教學助理小師弟也曾含蓄抱怨老師現在授課內容大不如前，學生若沒反應她便也不再細談書本裡的某些重要概念。素來憧憬師父學術威儀的小師弟說話的時候顯露失望。

失望情緒也許是雙向的，先是來自老師對於學生無法達成成就的期望落差，然後是學生對於老師無法指導學業，偶像崇拜破滅。期望越高，失望越大。不知道女王對於小師弟有如何的學術期望？在我面前她總將金孫吹捧上天，好似大張旗鼓宣傳這便是那位天選之人，新接班人。

高人的分析無疑給自己深刻提醒，就算我只是教授基礎通識教育課程的兼任講師，但必須時常更換新教材，為自己注入活水，必得更加努力辛勤耕耘自己長處。為關聖帝君服務的高人說會幫忙疏通溝通管道，我不明白究竟是形而上的疏通，或者有形的物質疏通？但是，五月來臨前，終獲閃電一般的開悟，凌空劈下當頭棒喝，至少我腦袋裡的死結是被疏通了。

如果這團死結永遠都解不開，那麼我便要學習亞歷山大大帝，抽出好刀斬亂麻，一刀斬斷博士論文與老師的死結。決定退學，就是這把快刀或者那道閃電，一下便劈倒禁錮我十年的學術象牙塔，自己加諸自己的束縛瞬間解除。

「高塔崩塌」是一個重要意象。

聖經裡，人類因妄想凌駕於神，遂築了高塔稱之巴別塔，打算藉此爬上雲端探究神域。神震怒，一道雷電便劈毀高塔，毀壞部落，從此散落各處的人類不再說同一種語言。藉由相異語言，人類便無法再同謀詭計僭越天神。

高塔意象現身另一次卜卦經驗：我從碩班老同學大仙攤在桌上塔羅牌裡抽出高塔，那是三張牌組中順序最後的一張。三張繪有古老圖像的塔羅牌分別是「女祭司、宇宙、高塔」。碩班畢業後，老同學大仙開始專研西洋占星術及塔羅牌，已然小有成就。老友自然成為學海溺水的我能抓住的救生圈，我向大仙請教我的博士論文狀態，能不能順利完成並拿到博士學位。三張牌抽出後，大仙苦思良久，面色凝重，不知該如何向我解釋牌卡透露的凶兆。

第一張卡「女祭司」顯示目前我與老師的問題懸而未決，且並非以實際行動或者現實考量之事就能解決得了的，誠如完成論文就是一種現實考量之下的實際行動。唯有雙方敞開心胸，面對面真誠對話才可能有解方。（可是這完全不可能啊！）

第二張牌卡「宇宙」上畫了個大星球，代表完結有始有終。大仙說：「博士學位這件事會有個完結，但是不是如你心願，也許也不一定。但總之會有個結果出現。」當時我們兩人其實並不明白什麼叫做完結，如今懂了。

完結就是我對學位做出抉擇！總歸是自己的決定，而非被動完成退學程序，或者讓女王繼續掌控我的博士論文。也許博士班十年僵局全是自己捆縛自己，畫地自限；卻也只有自己才能放過自己，跨出自我設限。

最後一張卡便是高塔了。這張塔羅牌據說極具毀滅性，遠比「死神」牌卡還要慘烈。死神頂多是所有生命裡自然的程序，生物死後能開出花朵，生生不息。但是這張牌卡上的圖像僅是一座崩塌頹圮的塔，天空中一雙眼盯著看，無能為力無力回天，無人能助。原來如此！難怪傳伯的神仙老闆三星道祖以及高人老闆關聖帝君，甚至文昌帝君，所有神力都無法幫得上忙，好讓女王不那麼變態，不那樣惡劣。

「吼，女王真的就是這樣！她的世界從頭到尾都只有她自己，沒有別人。因為她沒辦法跟別人相處，枉論跟別人一起共事，和人交往。只是沒想到她也無法跟別人的論文相處，無法忍受與自己不一樣的聲音。一直覺得自己心胸狹窄，不過看到女王這樣，覺得我根本心胸如大海般寬闊。」

老友大仙閒聊時激動地說著自己的觀察，我點頭如搗蒜。但我們誰也沒有辦法，我的博士論文、與老師之間難以彌補的溝通裂谷還是依然如故，不上也不下，無法向前跨進任何一步。種種壓力將身心煎熬至極，裡外兩面都熟透了，求神卜卦完全修補不了心理破洞。

大師大仙如是說，依舊無效。當時，我決定回到現實，回歸科學與理性，於是我前往專業身心醫學，向醫師發出求救訊號。

4—6

身心科與輔導中心

沒有人幫忙下指導棋，下決定全憑一念之間，決心不再修改永遠不會被蓋章認可通過的博士論文。隔日我幫自己預約了身心科門診。這時才驚覺，自己便是自己的救世主。若自己無法看清迷霧，誰也幫不了忙。天助自助？我想，應該是自助而聽天由命。

門診等待期間，百無賴聊滑動社群軟體每日回顧，發現博三那年的一則發文回顧：

再一次地怒犯天神。今天女王氣到差不多是將我轟出研究室的地步，只是為了三件事：

一，發問一個關於與當初投稿某研討會會議論文時的研究方法論完全不同的議題。二，一篇看不懂的理論。三，遲交作業。

女王怒不可抑，罵我搞不清楚自己論文投稿內容，此刻寫不出來才著急。我被逼急了於是回嘴：「我沒有說（稿子）我寫不出來。」她氣得拍桌大吼：「那你就寫給我看啊，寫到我接受為止。」同場她還加映怒吼：「過去三年裡，你發表了哪些著作？你以為發表的那兩場研討會文章都那麼容易嗎？寫篇文章那麼容易嗎？還不是拜誰罩你?!早知道當初碩士論文就不要那麼輕易讓你過。」

批判完全不公平！但那又怎麼樣呢？就算我盡了力讀了如山的文獻，做了文獻回顧，可是還是不夠。永遠不夠。老師還是認為我沒念書、沒有做研究、永遠寫一些爛論文。努力與不努力又有什麼分別呢？就算我博覽群書，通曉古語，那又如何呢？我不會因此就能獲頒博士學位。要能得到博士學位最終還是透過人事，掌控權讓人握在手頭，如同女王氣急敗壞下的惡言「論文不會那麼輕易讓你過」。難怪博士班期間，她總是回頭批判我的碩士論文是「急就章」。可是兩位院長級口試委員不也閱讀指導，並且通過了嗎？還是，只是因為柯曦答的緣故？只要是柯曦答，就必得事事針對？

總之，我好累好累。真心不想再這樣下去。

長時間失眠又嗜睡，記憶力大幅下降。就連出門買滷味時，我居然看著綠色花椰菜而說不出正確名稱。月經與內分泌都嚴重失調。身心科醫師問診時詢問了壓力來源，我說著便難以壓抑爆發的情緒和淚水。親切的醫師遞給我一盒紙巾拭淚。我告訴醫師：以往站在指導教授研究室被罵哭時，我都不敢動，眼淚鼻水滿面，必須不好意思地用手遮掩鼻涕，以防讓盛怒中的老師或者一旁的學弟妹看見。我還說，老師有次見我如此，不耐煩地將一旁的整盒衛生紙扔上辦公桌，砸在我的面前。

聽了所有陳述，身心科心理醫生專業判定這是因長期壓力而導致的憂鬱與焦慮，這些壓力已經影響了身體，大腦運作能力因此大幅降低。醫生建議失衡的我首先必須找回平衡。為了找回平衡的自己，充足睡眠、陽光、空氣與水，均衡營養的食物皆是必須。醫生也建議我尋求學校輔導中心做心理諮商，與專業諮商師談一談會好些，他說。

而後，身心科就診滿兩周，我的心理狀態大幅改善，便擅自停止睡前服用低劑量「讓大腦運作恢復正常」的抗憂鬱藥。我十分清楚長期讓自己鬱鬱寡歡的原因是什麼，是我那令人畏懼的指導教授。要讓大腦恢復運作很簡單，心理醫生指示：「規律運動，正常作息，多吃堅果、魚等健康食物，並且多晒太陽接觸大自然。」身體心理狀態好多了後，我獨自一人開車到墾丁放空，坐在疫情期間幾乎空無一人的南灣沙灘，讓鹹澀海水帶走所有早已淡而無味的淚水。那是一個人的博士班畢業旅行。我在南灣寫信給系辦告知決定中止學業，並且請系辦聯絡輔導中心諮商老師預約會談，決定在離校前完整地進行一次專業心理諮商。

家人們一直是支持我的力量，當他們表示身心健康遠比學位重要，我明白了，我必須先找回被擊潰的自己，才能再次從事最喜歡的事。我喜歡古代文史哲研究，如同我也喜愛繪畫，教書，以及認真生活。當我決定終止博士學業的那周，我甚至受邀到某藝術大學演講關於當今疫情時代與古時瘟疫時期所引起的恐懼文化關聯性。我知道自己的專業性，那個永遠渴求獲得老師認可的內在小孩早已經長大，不再討糖吃。

結束一個人的畢業旅行，自墾丁驅車返家途中碰巧瞥見手機螢幕亮起一則電子郵件訊息畫面。待下車稍作休息期間，我打開郵件閱讀，發現是女王寄來的最後一封信，簡短兩個段落：

曦答，昨日J教授夫人來我辦公室泡茶聊天。她提到在你的社群網站看見你說準備終止學業了，還說你打算要繼續在社群網站上書寫關於研究領域的背景知識，集結出版。我在走廊碰見系辦助理小姐，她說你已告知學校啟動退學手續。只能說這真是一個令人難過，但又明智的抉擇。很高興你準備開啟人生新的一章。

記得，離校以前，將你欠我的東西都還回來。

就這樣，四年碩士班，加上十年博士班修業時程，我與女王的師徒關係永永遠遠結束，止於夾帶這兩段話的電子信件裡。尤其是最後一句話，像極了在商言商，欠債還錢，銀貨兩訖。結束博士學業居然是「明智的抉擇」？

也許是吧？想來，當初選擇就讀博士班，跟著同一位指導教授攻讀更艱深的學問根本不明智。我並沒有回覆這封信；只與系辦助理聯繫輔導中心諮商約定時間等事宜。那段時間我沒有辦法提起氣力進入校園，害怕會遇見女王或者任何熟識之人。

回到學校，我走進輔導中心與諮商老師進行專業談話。一個半小時中，諮商老師聽我講述心理黑洞來龍去脈始末、永遠不夠好、達不到期望、永遠做錯事。當我講著繪畫、書寫與臨近大學授課等事，勾勒未來想做些什麼，諮商老師笑容漾開，在她的記事板上快速書寫。

諮商老師給予我一個非常正面的鼓勵性評論，她說：「你真的很有骨氣！而且是高功能的人，具有非常多元的面向，能書寫、繪畫，還要授課做研究，這些事不見得每個人都做得到啊。我也發現你具備解決問題的能力。加油，給自己多一些時間，要一點一點穩定自己的內在，學會避開情緒勒索的能力，好好愛護自己。」

「你的修復力強，別忘記自己是一個有骨氣的人文領域學人。」諮商老師溫暖地鼓勵著我。

對談中，我打開手機與諮商老師分享一張對我而言非常重要的畫。那是某次如常被罵哭的論文會晤之後，回到家萬分沮喪而隨手畫下的插圖。畫中，巨大的動物夥伴接住了渺小人類，以溫暖的柔毛緊緊擁抱傷心的人。從心理學專業的角度來看，諮商老師說非常喜歡這張畫裡頭，難過寂寞的人全然被接受的感覺，那是一種全身由外而內，全都被照顧到的舒服感受。諮商結束後，她傳來電子郵件問能不能購買五十張的擁抱明信片，她想與前來諮商的學生們分享。我幫忙聯繫後續購買事宜，且親自送給諮商老師「擁抱」畫作A3尺寸絹印原稿。我知道這張畫作會被珍視著，而非粗糙不帶情緒的「喔，我收到一本書（或者一張畫）」。

原來，我不是他人心裡預設的那般不堪。

總是想起老師那句明訓「不從千里問，豈向萬機求」。直到離開了博士班，我參透何謂不問不求，不卑不亢的態度。老師教會我這句話，但體制裡的權力不對等關係，再如何掙扎，我還是始終深陷乞求僵局。博士學位無須向指導教授乞求，不必問著是否達到滾動式修正調高至越來越嚴苛的高標。我就是我，每一個面向，我所走過的路，做過的事，吃過的苦，都是成就此刻當下的我。

我是古代文史哲研究者，大學兼任講師、繪者、寫字的人，還有動物的朋友。這樣的我，與女王無關。我的存在從不是為了任何人，不必取悅、有求於任何人。從今而後，我要成為支撐自己，最溫柔的超人。

輯五／

學做人

5—1

讓我陪你一起走完最後

向學校遞出主動退學申請，還能使用學生證的最後那幾日，我忙著處理準備歸還給女王的所有東西，物件計有老師借我的參考書籍、科技部計畫購買給計畫助理用的電腦，以及出國時老師借給我當作存款證明的一大筆錢。老師教過我嚴謹不得馬虎的處事態度；於是我將所有物件列在明細表上，清楚記載每一筆項目，每一個備註。

關於科技部計畫用電腦，多年前女王獲得科技部專題計畫經費時，歡喜建議：「我們就用計畫經費購入A牌筆電，讓你這計畫助理使用。你自己的筆電不是已經老舊嗎？你可以把要買新筆電的錢分期付款還給我，這台計畫用的A牌筆電就歸你。不過，要記得喔，這台筆電貼有學校財產條碼，要是多年後你筆電沒有使用了，要還給學校。」

當時社會經驗薄弱的我，對於能使用夢幻的精品筆電興奮不已，哪裡料到未來所有不確定，以及人與人之間脆弱關係。那些年，由於我的兼任講師工作不穩定，收入不豐時常捉襟見肘，只付完第一期筆電分期付款費用即擱置欠款。弔詭的是，計畫經費購買來的筆電沒有動用到老師口袋錢，而我卻得付錢給老師「購買筆電」，最後還要歸還給學校，落得兩頭空。

身旁所有人為我氣得跳腳，畢竟那台精品電腦所費不貲。家人打抱不平，要我直接與老師攤牌：計畫購入的電腦為何需要我付錢又歸還？

「你就頂多付女王這些年的使用費啊，這樣根本非法吧?!」

所幸，最後老師透過系辦助理告知我只需歸還筆電與出國時她借我的經費。我使用試算表軟體將所有物件項目逐一列清楚，並製作一式三份點交證明供系辦助理、老師，以及自己當作留存證據。我把曾向女王借來的所有書籍全整理好，裝進來自於她贈與的帆布袋中，擠光積蓄還清債務。

欠人的終究要還。物件歸趙後，從此便涇渭分明，再無干係。

透過系辦助理，女王要我去研究室點交一切物件。我當然嚴正拒絕這要求啊！我向系辦助理絕望表示：實在沒有辦法，我只要走入人文社會科學院便全身不自覺發抖，遑論走進我最深沉的恐懼。諮商老師適時出現聯繫斡旋。最後，女王終於答應紆尊前來系辦公室，與我進行物件歸還「儀式」。

諮商老師在給我的電子郵件寫著這麼一句話：「最後一段路，讓我陪你。」我讀著信件，心裡揚起暖意，淚水湧上眼眶。

作為某國立大學人文領域博士生的最後一日，點交大典前，我先到輔導中心與諮商老師會合。諮商老師詳細向我分析解釋等會兒與女王碰面的情況，做了一次事前沙盤推演。她提醒不要主動與老師眼神交接、不要主動與其談話，甚至安排我坐在沙發與女王席位對角處。這些基於專業的心理機制考量，僅用以保護我那傷痕累累的心。

在諮商老師陪同下，我最後一次走進人文社會科學院大樓。中途，巧遇我的動物朋友院犬斑斑，兩人一狗一起進到系辦。女王步入系辦之前，我便聽見十多年來熟悉的招牌高跟鞋聲響，喀答喀答，由遠而近，依舊形成強大壓迫感。

見老師入門，我僅輕輕點頭，沒有交換眼神，也沒有直接對話。所有的對話與點交，都由諮商老師與系辦助理小姐幫忙完成。她在一式三份點交單上簽上大名。點交筆電時，她說：「噢，你把筆電上頭貼的貼紙都撕乾淨了？」我僅點頭，那些貼紙是每一趟出國參加學術活動的見證，而今已全部移除。

「測試都正常吧，好，那我先拿回辦公室，等玫琪來的時候可以給她用。」女王刻意又輕巧地跟系辦另一位助理說著關於精品筆電的使用權轉移一事。

我聽出這段話的用意。直到最後時刻，女王依然是尊貴的女王陛下，拉不下臉也紆不了尊。她的話依舊展演「朕沒有給你的，你不能要」。那是一種授與恩寵，以及剝奪恩寵的心理特質。我猜，這位玫琪大概是新來的學生助理，或者新收的徒弟？總之，角色和金孫小師弟一樣，都是用來展現娘娘恩寵的棋，都是彰顯權威型人格者的情緒勒索策略。但這些再也不會影響我了。

諮商老師要我時刻提醒自己觀照自我，壯大內在力量，讓自己不要再被情緒勒索。

行政程序都辦好了之後，女王旋即離開系辦。我們沒有道別，就這樣了。從碩班至博班一共十四年，師徒關係就像那些物件款項借貸，一筆勾消。物件金錢也許還得清，可是老師傳授給我的學識功夫卻深深烙印在我的腦袋，緊緊抓住我的脊梁。至少，我的腦中留下種種正面的東西，全是專業又深邃的學術結晶，種種齟齬就待時間沖刷洗淡痕跡。

女王離開系辦之後，諮商老師、系辦助理小姐與我閒聊一會兒。諮商老師觀察了女王的語氣、姿態、神情、言談，研判女王全然處在賭氣的狀態。她說：「哇，今天在系辦這樣的公眾場合，老師都能這麼霸氣，更何況平時只有你跟她論文會晤的時候。」是的，瞇聽（meeting）時我沒有被罵哭的次數屈指可數。

但是，這一切全都結束了。

沒有人是座孤島。就連狗狗都知道要來陪我走完最後一小段路。

我被師父屏棄於師門的最後四年裡的這段晦澀時光，陪伴我度過刻苦研究所學術學徒生活的小白貓室友已逝。而學院守護犬斑斑適時出現，用牠的毛茸茸身軀慰藉黯淡無光的我，溫暖我這人文社會科學院博士生身分僅剩的最後一個午後。世上總是還存在一些人，一些動物，一個地方，是能結結實實地接住由高塔墜落之人，使其不至於粉身碎骨。他們毫無保留接納，不會因為我總是不夠、總做不好而勃然大怒，或是露出嫌棄神情。

我的師兄姐妹、家人、姐妹淘、已故小白貓室友、英國長毛三色貓鄰居、學院院犬斑斑，以及諮商老師，他們接住從學術象牙塔摔下的我，牢牢地接住。

「就讓我們一直陪你，直到最後。」慰藉我的，是兩隻腳與四隻腳所能傳達最溫暖、最結實的陪伴。

5—2

拋棄罪惡感包袱

退學之後，我進行一個人的身心排毒自我修復過程，努力學習拋掉罪惡感，什麼事也不做。

其實，自從交付償還物件，跑完流程，終於可以不必再見到對我造成心理陰影之人後，心裡一天比一天還要舒坦。即使依然時常心裡一次次問著自己：「為什麼是我？」但終於發現一件非常重要的事，長年伴隨我的罪惡感消失了！

長年的罪惡感總在心想稍微可放鬆時，瞬間擊垮你。罪惡感總是在做完一頓美味早餐之後湧現，想到享受完後馬上就要坐到桌前寫論文，便被擊垮。像是偷閒看完一部電影，一集影集之後，馬上湧現「我沒有在工作」的深深自責。或是假日外出，馬上想起自己罪孽深重——「為什麼要浪費時間，沒有在家寫論文？」久而久之，我再也不想做早餐，不想追劇看電影，不想出去，不想跟任何人說話。什麼事也無法做。於是，我坐在書堆前，望著螢幕哭。不是寫不出東西來，只是我害怕寫出東西之後的事，總是必須承受一次又一次羞辱批判。擊潰之後沒有人幫忙撿拾破碎的自己。那些不經意的話語是那樣輕，輕到宛若極地狂風中的冰晶，刺到我遍體鱗傷。

但現在不必承受不能承受之輕了。許多關心我的人若問起，我說，當我離開問題的根源那刻起，便終於解脫了。我學會以坦然面對種種關心。

好友說「不要者恆大」。放下了過不去的自己就沒有過不去的檻，最可怕的大魔王關卡，我已然面對過，一切終於結束了。

「會過去的，你會一日比一日還要更好。」身旁的人如此溫暖鼓勵著我，這些全是世上最溫柔的力量。

中斷了長年緊迫毫無喘息的博士論文寫作後，我的生活作息空了一大半。有時醒來後，我還是在應該準備開始寫論文的晨間時光，坐在書桌前。但就只是坐著，靜靜地坐看滿櫃研究藏書。貓夥伴也一如往常等我就定位，之後或而跳上書桌，或而窩在我的腿上準備打盹。長年賴以為生的生活重心不復在，突然有些無所適從。

碩博士班時期，人文領域研究生必須寒窗苦讀，與大量書本為伍，與古人對話，專心一致究明己事。生活似乎單純地愚蠢至極，什麼事都可以不必做，只需用功念書。這樣「什麼事也不做」的心思很容易將一個研究者逼得背上罪惡感包袱。「我不是應該要讀書寫論文嗎？為什麼我要出門逛街？為什麼要和朋友吃飯？為什麼要回家？」

只要非坐在書桌前刻苦讀書的時刻，都會被指導教授視為不用功。你有罪！

許多研究生生活單純，單純到連開水也不會燒、不會開瓦斯爐、不會洗衣或打掃拖地，不會照顧自己。有些研究生出了國甚至還攜帶配偶，當免費幫傭照料自己。仔細想想，年紀越長，越得一人分飾多角，扮演社會上不同角色。過去女王時常罵我不用功，總是搞東搞西，一下子接受大學兼任講師職務，一下又要畫圖辦展，還熱衷自己下廚做飯，或者迫於現狀照顧病中家人，然而這些都是必然的社會角色。就讀博士班的研究生已然（或正準備）步入而立之年。三十而立，自然必須為自己生活負責，挑起肩上各種重擔，經濟的、家務的、社會的。

「其實博士生要學習的最大課題是應付生活上的所有事。」許多學長姐都如此提醒新一批準博士生。只是，生活上的所有事，包括賺取足以負擔自己生活開銷，都是指導教授口中的不務正業。大教授們似乎忘記自己也許亦一路走過如此風雨，但換了位子換了腦袋。教授們都要學生花費更多時間在學業上，最好一天必須讀上十多個小時書，不要打工、不要兼差、不要出去玩、不要分心談戀愛。最好什麼事也不做，只要讀書寫論文就好。

這真的是夠格的研究生嗎？那麼，研究生幫老闆工作呢？行政庶務都不算是分心，或者不讀書不用功嗎？

研究所階段，我們都是老師科技部計畫助理、課堂上跟課的助教、系辦工讀生。科技部計畫助理之職，冠以學習之名，學生助理什麼事都得做：老闆的計畫主持人主持費月俸報帳、計畫助理（實為工讀生）工讀金自己做帳給自己領薪水、填表格、校園裡東奔西走送公文跑單位、到圖書館幫老闆借還載滿三個推車的專業書籍、接待學者、製作海報、製作整片牆面壁報、製作國外學者生日卡片（做不好還要被退回熬夜重做）、郵寄禮物給國外學者、製作會議紀錄、公文歸檔，有些人還得學著公部門招標等等，這些通通不算不務正業，不算不用功讀書。而我自己在鄰校擔任一周六堂課兼任講師，有三個班的作業與成績要算，卻同時還得幫老師批改她的課的考卷，結算成績。另外，每周有兩小時家教，為學校其他單位兼差工讀擔任翻譯。這些都算讓人分心的事，而非能者多勞，或者挑起經濟重擔，或者為生活累積經驗。

「哎呀，你要知道，等你拿到博士學位，變成助理教授了，這些統統都是你的學術生活模式，通通都要會做。你若不趁現在學起來，以後沒人教你喔。」

離開學術圈，我才明白這些學者養成庶務工作，其實完完整整地將我訓練成為一位合格的學人。而今，我能一個人包辦教學、行政與生活所有大小事，不必仰賴教學助理也能妥帖經營自己所有的兼課任教班級。突然間，老師既凌厲卻殷切的三句師訓再度湧現。

「不從千里借，豈向萬機求。」

「他方火葬，這裡活埋。」

「究明己事。」

學人，無非就是學習成為一位自律自立之人。也許，終未能獲得博士學位、無法成為學者的我，在漫長的學術學徒養成歷程裡，已然長成一枚裡外通透、貨真價實的學人：不問不求，頂天立地，究明己事。

5—3

生活微物大智慧

研究生時期，為了撰寫論文，我常過著與世隔絕、簞食瓢飲的貧瘠生活。埋首學術寫作的步調，日常生活十分單調，就是扛著書到圖書館，瘋狂讀書與寫字。寫到一種血糖低的飢餓狀態，便在學校用餐，或只吃泡麵乾糧等，然後回家倒床昏厥。精力腦力僅留給思考研究論點和方法論，任何瑣事都會叫我分心，打亂那一天的學術寫作心情。

我沒有氣力做菜和運動，也沒有心思作畫或者其他。

這樣單調的生活步調，能讓自己深思攻讀博班的初衷，想起當我閱讀著鮮少人知曉的古代文本，使用古代語文、拉丁文彈舌朗讀詩句竟是如此快樂，但這樣微小的快樂卻是如此侷限，僅僅一小群住在象牙塔的菁英共享。況且象牙塔中階級分明，可不是隨便之人都能共享菁英小確幸。

只是，研究所習得的高等知識若無法傳遞出去以啟發更多象牙高塔外的人們，那麼每年從科技部教育部贏來的那堆高額經費有何用呢？巧立名目用來買更多最新型電子商品，然後計畫結束後即為電子垃圾嗎？還是乾坤大挪帳，以學術之名行貪婪之實？

總之，我再也無須思考學術特權問題。自從博士班退學之後，生活一切逐漸順行了。時間管理、作息、情緒、失調多年的月經，甚至工作與每月鐘點費入帳，所有的一切，一點一點慢慢地回來了。每日都是踏實的；沒有一日必須擔心寫不完稿子，或者書讀不完。更重要的是，我不用再為了進宮面聖而提心吊膽，可以擺脫罪惡感好好吃一頓自己做的晚餐。終於不用再寫那份永不被接受，去他的博士論文。

時間已然多出許多，能做任何想做的事，或者什麼事也不做，好好專注每一日生活。均衡飲食、運動、晒太陽、閱讀以及持續書寫。朋友提到「待在家（工作）基本上就是度假」，更重要的是心情或者心理健康狀態。

能夠調整規律作息，七點起床，夜裡十一點半就寢。沒有授課的空白時段還是早起，梳洗完畢後帶著待洗衣物下樓，至隔壁早餐店點購食物。吃早餐的同時，待洗衣物早已在隔壁自助洗衣機裡進行洗衣排程。衣物洗滌完成後，趁衣服放進烘乾機烘烤半小時的空檔，抓緊時間散步至學校附近小型超市購買食材，準備煮奶油白醬雞或者好友教過的希臘菜。超市買菜亦同時順便印製課堂隨堂考考卷。所有事情都完成後，衣服也烘乾好了。一切時間運用得非常得宜。與家人相聚一起出遊的時刻也變得心安理得，不再擔心被罵：「還要出去玩?!還要過年?!」可以歡樂地笑，開心吃吃喝喝，是多麼幸福的事。

真正抽掉折磨心志的毒刺後，生活才能逐漸排毒。什麼事也不做之後，才發現，與貓夥伴一起看著手沖咖啡一點一點滴落咖啡壺，居然令人如此快樂。Dolce far niente，義大利人崇尚的「無所事事的歡愉」。要讓大腦恢復運作，要不憂鬱，其實很簡單，但也無比艱難，需要極大的決心與勇氣。離開十多年來繪製給你一片玫瑰花窗，卻又殘忍踩碎它的師父之後，我一點一點重拾微小又細碎，那光亮的自己。

丟掉情緒包袱，情緒不再被勒索霸凌之後，日日是好日，每天都令人開心。

事實上，學習與生活密不可分，事事都能學習。回想自己從前讀到大學了卻不知道該如何搭火車客運、不會開瓦斯爐，煮麵時還把整株小白菜直接放入湯中，以為菜會縮成適當的大小（惹得我媽捧腹大笑），有次甚至打電話問媽媽：「芭樂要怎麼吃呢？」

「用你的腦袋撞破它來吃啊！」我媽沒好氣地回答蠢孩子的笨問題。學歷與生活經驗無法畫上等號，當時的我根本生活失能。

生活是經由不斷學習而來，如同古希臘哲學家亞里斯多德提出的模仿學習論。學習如何生活更是一位學人的必須之道。互通有無，相互學習，是身而為人非常重要之事。事實上，古代文化、歷史、文學和哲學並非一般人想像的那麼遙遠。生活裡，許多微小事物都能觸發所有我在高等教育學程裡學過的古代文史哲學。學人如我，誓願要深入淺出介紹這些東西，讓更多人了解人文主義精神，明瞭文化內涵如何廣泛呈現在日常生活各種面向。畢竟學術資訊不能只鎖在高塔中，發表在只有少數人看得見而且要付費的學術期刊裡。這點，我的指導教授未曾做到，就算女王已是領域裡的山頭人物，卻未曾出版任何著作能將知識之炬傳遞給普羅大眾。我與她的理想出現世代斷層。

總是樂於書寫生活裡微不足道的小細節，佐以知識脈絡，讓文化和日常結合。我在課堂向學生分享相較陌生的外國文化、語言與食物。讓學生試吃藍紋起司、北歐甘草糖、英國發酵酵母瑪麥醬、還有異國茶葉等生活中的小物件，都能讓我帶領學生深入探討文化層面深度意涵。更重要的，藉由活動似乎能串連起人與人之間真切的情感與關懷。我想，這才是生而為人的核心價值，是一位合格的學人必須傳遞的知性任務。

永遠別忘記真摯的關懷帶給人的體貼溫暖。

5—4

坦然以對真實自我

辦好退學後處在人生十字路口的我，開始一連串緊鑼密鼓的求職面試，我需要更多授課鐘點以填滿離校前付出的那一大筆贖身費。沒有錢時，就務實地想盡辦法掙。既被奪去那才剛試圖學會站立的小小片土地，那就出走拓荒另一塊，讓自己的專長開出它原本被應許開出的花。

依然持續從事教學工作，儘管是高等教育圈最低階兼任講師（女王口中的「打零工」），儘管還是時常犯錯，但學習接受自己就是經驗值尚嫩的菜鳥教師，接納自己有所不足作為一種壯大自己的剛強方式，坦率而真誠。

到新的一所大學面試兼任講師時，面試委員果然問了這個問題：

「你花了十年讀博士啊！應該這學期要畢業了吧？」

「很不幸的，不是如此。後學不想欺騙各位老師，我從博士班退學了。」坦然面對，在場委員一片譁然。

「你都讀這麼久，學術履歷非常精彩，請問是什麼原因呢？」

「我與指導教授出現嚴重歧見，因此沒有辦法完成最後一哩路。」我緩緩地回答這個問題，不自怨自艾，就只是道出一件事實。

面試完，一整個星期全然沒有消息。那時我想，與其他資深老師相比，縱使自己學術履歷非常傲人，但我就是一個沒有畢業被退學的博士生，不上不下。這件事永遠是道深深的傷口，縱使結了痂，還是長出歪歪扭扭的疤。

等待面試結果期間，有日，我焦慮地趴在地板，然後突然就做了件許久以來沒有做過的事：我在心裡禱告。沒多久，我獲得正取錄取。九月之後，算了算所有兼任講師工作的薪資加總，大抵可以過上非常不錯的生活，還清借來的那筆贖身費，才能繼續追求更進一步的夢，像是飛往西班牙版畫村駐村創作，像是再回到冰島學習北歐神話。

所有兼任教學中，其中一份工作是擔任輔導特殊生與弱勢生，進行補救教學的課程輔導老師。每周兩日晚間，我必須驅車四十分鐘到鄰近縣市輔導六位大一學生。與這六位學生整學期教學互動，讓我深刻反思柔弱與剛強課題。

R是一名因大腦部分麻痺而影響四肢行動，必須使用助行器的女孩。第一次上課時，R小聲地告訴我一直以來成長路上遇到的霸凌、排擠的經驗。有時，課業輔導過程中，她也會離題與我訴說她的心情，緊張、害怕、徬徨等等。同一個時段一起上課的，還有位聽力受損的男孩S。因為聽力的關係說話發音受限，一次，請我為其訂正演講稿，S的稿子裡提到不知道何謂朋友；S沒有朋友，是獨行俠，但他說他不孤單。R和S一起上課之後，上課氣氛突然變得很好。從他們彼此吐槽開玩笑時的互動，我可以察覺至少這一個半小時他們是開心的。

與他們相處時，我時常想著自己的心要強壯到什麼地步，才能在聆聽之餘有能力幫助他們，或者人生道路上能夠引領他們一段明亮道路？博士班多年試煉之後，我的心也曾脆弱到不堪一擊。可是面對學生，我必須顯露一種不可撼動的堅定，必須說服他們也說服自己：「世界如此美麗，空氣如此清新。」

我希望在能力可及範圍，帶給這些特別的學生正向的力量。即便自己內心甫從混亂之中稍加整頓，但混亂之中一定會有次序，次序之中也必然有混亂。沒有什麼是絕對的。有時，聽著他們講述自己課業問題，生命中的掙扎與徬徨，才發現這些年輕學生沉溺在「我」之中，因而聽不見隔壁同學或者我這課輔老師的聲音與建議。

那我自己呢？也是如此自溺悲傷嗎？

從學生身上學習觀照到自己內在，自己身陷徬徨自溺時也是如此。「自我」的聲音被無限擴大，周遭的事物完全縮小彷彿不存在。近來熱門的正念心理教導一個人應當成為「觀察者」，時刻觀照周遭的一切流動，情緒或者意念流動，一切都是尋常。這是個很好的練習。

軟弱是尋常，剛強也是尋常。

已然是「前」指導教授的女王陛下總是要我Be tough，好似一個人從來就只有強勁才能立足。悲傷、困頓、失意、挫敗等情緒都是軟弱的展露。但是剛強與軟弱從來都是尋常的一體兩面，越是剛強則越顯軟弱。老師心裡有塊極為柔軟之處（或許也曾憐惜我的學業困挫），但她以龐大學術之磚築起層層高牆，壯大自己威望之際，也隱藏了那片柔軟之心。老師定是因為心地柔軟，才如此霸道，才要我也學會霸氣。但，這並非我的性格；指導教授不可將徒弟捏塑成自己想要的形狀，不是老師意志或者未竟之業的延伸。老師更萬不得揠苗助長。

我的性格柔軟；透過時刻生活觀察，常自省得以堅強。我不是老師心裡假想的那般軟弱，也許老師不曾好好聽我解釋，從未正視柔軟若水的力量，水還能鍛鋼呢！Be water才會真正Be tough。至少，我撐過那十年其他學生都難以承受、難以想像的大魔王等級磨練苦難，我還在，還活著；我的柔軟就是剛強。

另一所兼課大學，我的課上也有一位特殊生。H是位視障生，因腦部受損身體無法自主行動。期中考時，學校安排我為學生面試，以口述念出試題。初抵達教室後，我才明白H不僅看不見，更無法發音，也無法行動，是一位多重障礙孩子。透過一套輔助工具，靠頭部轉動的位置或者眼球轉動，系統轉碼將動作變換成注音符號，由學生母親協助「翻譯」，再佐以摩斯密碼輸出成為文字。

接手這個班級設計期中考題時，我因為經驗不足，未能全面掌握所有學生狀況，因此按照往例出了申論題。現場口試時，才明白語言轉碼這件事本身就是極困難的事，遑論使用語言申論一個大的文史概念。這情況如同使用兩種語言系統，例如：老師使用英文出考題，考生的大腦語言是華文運作，知道考題答案但是卻無法以流暢英文回應，只能說出簡單單字。面對這位特殊生時，我必須竭力從H表達的關鍵字拼湊她的思緒以及答題邏輯。H母親一旁觀察我引導她的孩子回答考試問題的過程。考試結束後，學生母親和我談話許久。

這門特殊課總共只有四周八小時課程，要重點式講解千年文史。因此常覺得自己說不到位，亦有許多領域議題並不熟悉。一直深感不足，焦慮緊張這堂課的授課內容是不是不夠或者不好？不過，與學生H（透過其母翻譯）以及H母親聊完之後，才發現原來我的「沒有自信」其實根本是多餘。從學生與家長回饋，我才知道自己已是一個「非常到位」教授古代文史哲的菜鳥教師。學生與家長皆認為我是一個有同理心的老師，並且謝謝我。這是從來沒有過的教學經驗。總是需要透過他人證明，渴望被認可才能找回自信的我，依然還在學習自我肯定。

不過，教學現場，學生的回饋永遠是最直接的鼓勵。

課程結束前，期末考卷上我設計了最後一大題是自我評鑑，以及給予教學意見回饋。我收到五十九則手寫教學回饋，幾乎全是正面評價（且非『讚』、『沒意見』、『無』等回答）。根據回饋，我的授課方式對於這個班的大學生而言，是新鮮有趣前所未見的。他們說以前課程都不是這樣的上課方式，沒有討論，沒有分組，沒有實作練習。

這些年來教學已然逐漸獨當一面，我再也不須聽從師父指令。教學現場，我從各式各樣學生與自己的互動中學習彈性與包容，學會理解他人，以及必備的耐心和同理。

所有的歷程，於我都是歷練，幫助自己找到自我價值，認識真正的自己。即便每一日盡是艱辛，但見到學生因被理解而漾開笑容時，每一刻卻又如此真確。

登出學術帳號，掰掰PHD

若說三十而立的人生裡有什麼巨大難以承受的傷痛，十年博士學業便是未竟之志。一直持續反思、書寫記錄這整件事對於生命層面帶來的衝擊力，思索十多年來學術歷程收穫與付出的總和。

即使與指導教授「女王」從此也許再不復見，但還是時常在夢裡因其驚醒，或者害怕在校園周遭碰見。奇怪的是，即便夢的場景、劇情不一，但都是同一場樣板戲。夢裡，我還是那個等著老師肯定，害怕老師冷回應的小孩。夢如真實人生，我的等待總是遭拒；老師漠然屏棄我這唯一博士生，毫不留情斷絕十多年師徒情誼。她說我自英國回台後變了一個人，說我們師生關係到此為止，說我一直與她這指導教授保持距離漸行漸遠。指導教授故事版本好似永遠單向說詞，她不曾見過我的掙扎與哀傷總總苦痛，或許只是不願（也無暇）理解。學術圈內，師徒關係對峙以及權力不對等一事，我的經歷不會是第一，也絕非最後一人。體制無非是階層嚴明的規矩，誰要進來便得遵守規矩；沒有規矩不成方圓。

老師說我變了個人。那是因為旅外經驗讓我明白其他博碩士生都不必死硬按照規矩，大夥兒自在翱翔，探究學問，而不是老師說了算，永遠要遵循指令按照規矩做事做研究。我的背上總算長出自由翅膀，終於學飛，長成不被指導教授期待的模樣，再也無法被人給揪著按照指令做事、做老師要的學問。也許，我的博士論文總是不被接受的核心原因在於它究竟不是老師要的研究。可那是我想要做的議題，是我的論文，不是嗎？

「那是你的論文，老師不能幫你寫。」

「博士階段就是考驗一個學術門徒能否獨當一面地做研究。」

女王的話猶言在耳。然而，當我獨立搜集資料、整理書目、閱讀文獻後抽絲剝繭釐清思緒線路，寫出自己熱愛的研究議題，回過頭來才赫然發現老師於此議題毫無涉略。或者，爾後偶然還能發現自己從未能順利出世的論文某概念被巧妙移植在大人物的學術發表中。或者一個無心，在社群網站隨手寫下某個議題思緒，即刻給人竊取還大剌剌地張貼網路撿拾拼湊來的研究。或者偶然發現自己當初與同行一起發表的會議論文，議題早已讓人整碗端去申請科技部專題研究計畫，成功獲得經費了。

放諸四海，許多博士生都具備獨立研究能力，都是自己指導自己。我們已具備專業學術能力，但卻鮮少有人獲得神奇能力以撼動天秤另一端冥頑的體制結構。要是說你可以就可以，要是不行不是這塊料？博士生還能怎麼辦呢？

學位不是跪著乞求就能憑藉同情憐憫得來。

真的走不下去，衝撞體制，撞得頭破血流便當機立斷吧。人生只有一回，還有更大更廣的領域值得那雙新長出的翅膀自由自在遠翔。總是有出口，總會有出路的。

還記得距離博士班退學前最後的跨年，我與平時般還是待在圖書館。細數進入研究所之後，人生大部分時間不是在老師研究室，就是在圖書館，或宅居在家讀書寫稿。從前有好長一段時間，一年的最後一日是科技部研究案繳交期限，我們都是在研究室跨年。那段日子，我學會了如何處理行政，也明白該如何提出一個年度研究案，像是魔法師的學徒，見習可能的未來應該要具備的核心能力。

幾年之後，這條漫長又艱辛孤獨的道路上，漸漸地沒有人同行。就好像《魔戒三》亞拉岡離開準備支援剛鐸的洛汗軍隊，獨自一人走入隱沒山中的「險路」進入幽冥國度，也許一個不巧就被遺忘。

退學前最後的跨年日，我依然在修改被退稿的博士論文第一章；同時，我也回顧這年間做過的所有嶄新、開創性的大小事。這一年裡，頭一次，我被邀請發表演講。在台北某國中資優班嘗試全英文系列演講，向中學生講述希臘神話與荷馬史詩。而後，因緣巧合受大學同學邀請，以自己畫作為題，發表一場關於藝術創作與文學結合的演講。頭一次，與出版社合作，以英國留學期間習得的版畫技巧，為人氣作家新書配置插畫。

退學前的最後那個跨年，具指標性的學術期刊接受我的論文投稿。又，我在母校開授一門與自己領域完全不同性質的課，因此遇見一群活潑的學弟妹們。那年快結束以前，朋友和我聯手救了一隻性命垂危的小小玳瑁貓。終於，前一代貓咪室友離世的哀慟完全轉化，新的生命逐漸滋養成新的力量。我以拉丁文方言為其命名，古老的語言賦予全新生命希望。

每一天，每一步都異常辛苦，日日是挑戰。我並不期望所有用力灌溉都能盛開出繁花，只希望所有產出都像樣。結成的果實能夠不被人視為理所當然，能夠被好好珍惜。我並不需要任何的「好棒棒」，只寄望不會被失望打翻淚水。那時，我不確定所走的險路將會把自己帶到什麼地方？是不是再度迷路？然而，真心希望新的一年，會有那麼一日，我能夠在清晨醒來之際不必再因為擔心焦慮任何事而放棄起床。會有那麼一日，清醒之後，雲淡風輕。

終於，這日來臨！終於，我登出國立大學博士班這個身分帳號。一切終於風和日麗。

博士班退學後，再不是學生身分的暑假期間，我將所有被指導教授退回的草稿以及大量專業參考文獻收齊，封印裝箱，與十年記憶一併封存。空餘時間花整個上午和貓夥伴一起賴床，再愜意起身做早餐。整個下午用來繪圖、製作版畫、閱讀或游泳，心滿意足。生活充實無虞，時間運用得宜，該死的罪惡感不復在。我終於回到生活的根本，即時享受當下，而非讓恐懼驅使，苟且而活，苟且地妄想通過那永不被接受的博士學位。

掰掰，沒有完成博士論文的博士生ＡＢＤ。謝謝女王教授那些年凌厲嚴格的教誨。即便失去博士學位，即便與老師種種風雨，但我不會忘記曾經的師訓裡，不問不求、頂天立地，以及究明己事等三句箴言。要能成為真正的學人，首先必須學會放過自己。愛惜羽毛，愛惜自己，便能走出所有風雨怨懟，擁抱真實的自我。

ＡＢＤ非博士如我，即將開始第二段新鮮旅程，第二個人生。生活樣樣驚奇，對未知疆域充滿期待。我想，再一次出發探險，學習未知，永遠都不嫌晚。

沒能拿到博士學位又如何？去你的博士學位。

說到底，人生好像也沒有什麼事是必得達到不可的。

國家圖書館出版品預行編目 (CIP) 資料

去你的博士學位：文憑掰掰，我要重新拿回人生主導權 / 柯曦答著. -- 初版. -- 臺北市：遠流出版事業股份有限公司，2022.10
面； 公分
ISBN 978-957-32-9731-4(平裝)

863.55　　111013383

去你的博士學位

文憑掰掰，我要重新拿回人生主導權

作　　者｜柯曦答
總 編 輯｜盧春旭
執行編輯｜黃婉華
行銷企劃｜鍾湘晴
美術設計｜王瓊瑤

發 行 人｜王榮文
出版發行｜遠流出版事業股份有限公司
地　　址｜台北市中山北路 1 段 11 號 13 樓
客服電話｜02-2571-0297
傳　　真｜02-2571-0197
郵　　撥｜0189456-1
著作權顧問｜蕭雄淋律師
ISBN｜978-957-32-9731-4

2022 年 10 月 1 日初版一刷
定　　價｜新台幣 370 元
(如有缺頁或破損，請寄回更換)

YLib.com 遠流博識網
http://www.ylib.com
Email: ylib@ylib.com